Todos los libros de Linkgua Ediciones cuentan con modelos de Inteligencia Artificial entrenados por hispanistas. Pregúntale al chat de tu libro lo que desees acerca de la obra o su autor/a.

Para ebooks: Accede a nuestro modelo de IA a través de este enlace.

Para libros impresos: Escanea el código QR de la portada con tu dispositivo móvil.

Obtén análisis detallados de nuestros libros, resúmenes, respuestas a tus preguntas y accede a nuestras ediciones críticas generativas para una experiencia de lectura más enriquecedora.
La transparencia y el respeto hacia la autoría de las fuentes utilizadas son distintivos básicos de nuestro proyecto. Por ello, las respuestas ofrecen, mediante un sistema de citas, las fuentes con las que han sido elaboradas.

Martín Morúa Delgado

Sofía

Barcelona 2024
Linkgua-ediciones.com

Créditos

Título original: Sofía.

© 2024, Red ediciones S.L.

e-mail: info@linkgua.com

Diseño de cubierta: Michel Mallard.

ISBN rústica ilustrada: 978-84-9816-735-1.
ISBN tapa dura: 978-84-9897-460-7.
ISBN ebook: 978-84-9953-454-1.

Sumario

Brevísima presentación

La vida

Martín Morúa Delgado (1857-1910) Cuba.

Hijo de padre español y madre negra, ex esclava, tuvo una formación autodidacta y múltiples ocupaciones, desde dependiente de una tabaquería hasta traductor literario. Fundó varias publicaciones periódicas y colaboró en otras, en Cuba y Estados Unidos, donde vivió tras ser acusado de colaborar con los independentistas, en 1881.

Conspiró con los revolucionarios del exilio cubano, durante un breve tiempo fue autonomista, y volvió a Cuba en una expedición en 1898. En la República llegó a ser senador. Sus novelas *Sofía* y *La familia Unzúazu*, se encuentran entre lo más representativo de su producción literaria.

Al lector

Sofía es el primer volumen de la serie de cuadros sociales que, copiados del natural de la vida cubana, me propongo ofrecer a la respetable consideración de aquellos que me honren leyéndolos. He titulado Cosas de mi tierra la proyectada serie, porque, en realidad, aquéllas han de constituir el asunto de los trabajos que a *Sofía* seguirán —si a ello contribuye la protección que al volumen inaugural dispense el público lector, que, por cierto, ha de ser el colaborador imprescindible en este empeño crítico-social.

La serie resultará estrechamente entrelazada; pero esto, respecto de un volumen a otro, no significará continuación por necesidad. Cada tomo será una novela completa, independiente cada libro, sin perjuicio, no obstante, de que los personajes pendientes de solución en una, pasen a desenvolverse en otra, y aun los de relativa importancia en la anterior, lleguen a ser los caracteres más salientes de la composición inmediata.

Hecha esta advertencia, a guisa de introducción presento mi primer libro original; y del ilustrado criterio del público dependerá lo restante.

Habana, abril de 1891.

Martín Morúa Delgado

I

¡Qué vista más encantadora! ¡Qué hermoso panorama! ¡Diríase que la naturaleza desarrolló esta concepción sublime y regaló con ella al hombre, para demostrarle incontestablemente su munificencia y su imponderable fuerza creadora!

Estamos en el mar, a la entrada de un puerto de la Costa norte, en el tercio occidental de la isla de Cuba. Sobre una declinante altiplanicie, al fondo de extensa y bien cerrada bahía, y rodeada más allá por la colosal herradura que semejan los cumbrosos montes, a espacio encuadrados por vistosas y bien cultivadas campiñas, cuya exuberancia frutal abarrota los depósitos y pudiera abaratar los mercados, se levanta majestuosa la pintoresca señorial ciudad de Belmiranda, cual en fantaseado lienzo la suntuosa gradería de un anfiteatro al aire libre.

Holgadas casas de excelente construcción moderna, formando calles rectas, anchas, largas; bien situados y espaciosos parques y alamedas; un magnífico teatro, a la cabeza de elegantes liceos, casinos y sociedades de distintos matices; quintas de caprichosas y espléndidas estructuras, que realzan el blanco margen de las playas arenosas, bañadas ledamente por el desfallecido oleaje de aquel mar en calma que, picado a veces, salta para refrescar con gruesas y amontonadas gotas las tendidas escalinatas de los edificios cercanos, albergues del buen gusto, el refinamiento artístico y la fastuosa opulencia de sus poderosos moradores. Y al término de tanta magnificencia, como inevitable contraste comunal, numerosas cabañas de pescadores, situadas en aldeano desorden, confundiéndose a distancia con el terreno trasfloreado que allí comienza a verdeguear en ascendente graduación hasta que, empinado a las montañosas cimas, forma por las oscilaciones del Sol clarísimo de esta mi noble tierra, los inimitables cambiantes que tanto desesperan a la impotencia del arte. ¡Oh, sí! Todo esto lo admiramos desde el mar, desde la cubierta de uno de los infinitos barcos de diferentes naciones que visitan el puerto.

Bajemos a la ciudad.

Divídese la de Belmiranda en populosas barriadas que, a la vista del observador extranjero, simulan otros tantos pueblos distintos a los cuales identifica el sello que les ha imprimido el mismo sistema social, el mismo régimen gubernativo.

Hacia el centro de la población, y frente a la casa-palacio del gobierno —vetusta mole de verdinegruzcos sillares e indefinido orden arquitectónico en sus acastilladas reminiscencias—, hállase situado el parque principal, sitio recreativo al que, por seguir la rutina de anticuadas costumbres, llámasele en nuestras poblaciones Plaza de Armas. Y a ella, en derredor de la lujosa fuente hidromecánica, tallada de buena mano en mármol exquisito, concurrían —especialmente por las tardes— las niñeras o «manejadoras», para recrear a los niños de sus cuidados; y tras ellas acudía la ociosa soldadesca, que pocas veces encontraba cuartel, y también la juventud criolla, desocupada y licenciosa, la cual daba casi siempre al traste con las pretensiones de los pequeños industriales peninsulares, quienes a su vez se acercaban atraídos por el grato olor de la «canela». Todas las clases de la sociedad belmirandense cruzábanse en aquel sitio, entrechocándose en la cruda guerra sorda que se hacían para lograr sus fines más o menos mal intencionados —que todos los que allí se disputaban la preferencia, iban solo a divertirse a costa de la virtud, o bien, estimulados por la desenvoltura de las criadas, ya esclavas, ya libres, y algunas que otras peninsulares a forasteras de otros países que en el paseo se juntaban.

Entre las manejadoras, jóvenes y bonitas con muy contadas excepciones, había una trigueña que se distinguía de sus demás compañeras por el carácter repasado y los dulces modales que realzaban su belleza natural; porque Sofía era una muchacha de mucho atractivo. Su estatura, más que mediana, una de esas estaturas de juventud eterna, lucía un talle largo, bien contorneado, y unos hombros con gracia tal colocados, que formaban un tronco perfecto, sobre el cual descansaba su hermosa cabeza ostentadora de una cabellera negra, reluciente, ondeada, magnífica; y cuyo rostro oval, de finísimas facciones; estaba iluminado por dos rasgados ojos de negras pupilas que derramaban torrentes de ternura, cautivando a cuantos las veían, admirando acaso más que todo aquel conjunto encantador, su habitual tristeza que le daba una expresión lo más interesante.

No hubo quien no se equivocara al dirigirse por primera vez a Sofía. Después de entablar conversación con ella, un sentimiento de dolorosa simpatía dominaba al nuevo conocido, que se retiraba lamentando la miserable condición social de aquella infortunada joven. Todas las criadas que con sus amitos iban a la plaza de recreo, sentíanse subyugadas por la amabilidad de aquella muchacha. Las negritas, y las mulaticas atrasadas de color, la miraban con cierto recelo al principio, obedeciendo inconscientes a las arraigadas preocupaciones de toda sociedad esclavista, considerándose inferiores a Sofía, porque la veían blanca y, lo que es más aún, seria y respetuosa con todos, cualidades poco comunes entre aquellas loquillas; pero luego vencía las preocupaciones el natural franco y modesto de la niña, que no entendía la superioridad que pudiera existir de esclavo a esclavo, considerada su esfera social. Sin embargo, más de una de sus compañeras tomó por ofensa o como desprecio a sus personas, el que no accediera nunca Sofía a las invitaciones continuadas que le hicieran para que tomase parte en ciertas diversiones, como paseos al Llano de los antojos, cabalgatas a la Cueva de los milagros, y romerías campestres a los diversos conocidos lugares de holgorio en las cercanías de la ciudad, o a las «bachitas» a puertas cerradas en ciertas casas y en calles de poco tránsito; fiestas que menudeaban los jóvenes criollos y los dependientes del comercio que habían sido por aquéllos admitidos, estimados ya como suficientemente «aplatanados»; fiestas en las cuales no consentían que tomasen parte los hombres de raza negra o mezcla reconocida, ni otras mujeres que las libertas bastante descocadas para el caso, y las criadas de casas particulares, a las cuales llamaban con guasona propiedad los mozos, «señoritas de zaguán».

Por instinto temía la joven a tales diversiones. Y los relatos que luego le hacían las muchachas asistentes a ellas, la convencieron de su clandestinidad. Así se lo manifestó una tarde a su amiga Teodora —mulatona de buenos años y mejores carnes, bien que un tanto flojas; viva de genio, de rostro bien cortado, al cual daban gracia peculiar sus apresillados ojos, que demostraban a las claras ser su poseedora uno de los más tempranos frutos de extracción mongólica—. Pero Teodora estaba siempre bien provista de argumentos para combatir cuantas objeciones se le opusieran a las «rumbantelas», en las que siempre se encontraba ella.

—¡No, muchacha, qué va! —decía en esta ocasión Teodora «la China», como le llamaban todos, menos Sofía—. Allí comemos, bebemos y bailamos con lo mejorsito de la gente de arriba. Los niños pepes más ricos y más buscáos por las señoritas blancas en sus reuniones, son los que nos buscan a nosotras y nos suplican pa que bailemos con ellos. ¡Ay, chica! ¡Si tú hubieras visto anoche! Celebramos un casamiento. María Roca, una muchacha muy bonita que echa cocó hasta no más... ¡Si tú debes conocerla! Es criada de mano de casa de don Fernando Roca... Aquella mulatica delgaíta, alta, que iba hasiéndose tóa un merengue en la procesión el otro día...

¿no te alcuerdas? Aquella que pasó po al láo de nosotras, llevando de la mano a una de las niñas de la casa, una rubiesita como de dies años...

—¡Ah, sí! Ya recuerdo —interrumpió Sofía—. Verdad que es muy bonita esa muchacha; y le caía muy bien aquel vestido de raso azul celeste con encajes...

—¡No digo yo! ¿Y la capota que llevaba? ¿Y el collar de perla? ¿Y el medio terno de brillante? ¿Y los sapato de raso, de corte bajo, del color del vestío? Y no hay que desir que esa no es como otras que tóo lo llevan prestáo de sus amas. ¡No faltaba más! María Roca es como yo; tóo lo que llevo siempre es miísimo, o si no mejor no voy a parte ninguna. Pues bien, toitiquitico ese rango sale de Ricardo Bonansa, un jovensito que te lo voy a enseñar cualquier rato. Es de los muchachos más rumbosos... Y anoche se casaron, muchacha...

—¿Cómo que se casaron? ¿Leonardo Bonanza no es blanco?

—Sin amparo, y bien blanco; pero ¿y qué? El casamiento fue secreto. Uno de los jóvenes que había allí, con lisensia del cura, trajo los vestíos y toitico, y en un altar que hisieron de la mesa del cuarto, los casó, muchacha, y tan bien como si hubiera sío un ministro del Señor. Todos fuimos testigos. Y antes de llegar al altar, ¿qué te figuras tú que le regaló Ricardo a María Roca?... ¡Náa menos que su carta de libertá, chica, que hasía ya muchos días que la tenía en el bolsillo sin que ella lo supiera!... Conque mira tú lo que sale de esas «reuniones de perdisión», como dicen los chachareros envidiosos...

Sofía se quedó muy pensativa un buen rato, después de esta relación de Teodora.

—Sí todo está bien —dijo luego abstraída—; pero no serán muchas las que alcancen la ventaja de María Roca, porque...

—¿Cómo que no? Pues pa que veas, Nolberto el baratillero me da cuanto le piido, y eso que es español; y anoche cuando lo vide, antes de dir a la bachita —por sierto que lo dejé cogiendo dieciocho; le di la gran engañá, muchacha—. Le dije que estaba mala y que me iba a recoger enseguida, pa que se fuera pronto, chica, y poderme escapar, que ya eran serquita de las nueve; pues bien, anoche me dijo que tóos mis trabajos se acabarían pronto, porque en cuanto hagan el balanse o qué sé yo qué de este año, en la casa que le da a vender la ropa, me va a libertar o a cuartarme en una buena cantidá, y que enseguida me pondrá mi casa amueblá, y con cama de jierro, conque mira tú... Yo, como que no soy boba, no le he dicho ni palabra de mi cuartasión —porque yo estoy cuartáa en 500 pesos—; pero ¿a mí qué? que suelte los chequendengues si quiée sabrosura.

—Ya tú ves. Y con todo eso, Norberto no va a esas bachitas... —argumentó Sofía.

—¡Síi!... ¿Quién dise?... ¡Vamos hombre!... ¿Y en dónde lo conocí yo si no fue en la comelata que dio Loreto Beragua el día de su santo el mes antepasáo? Lo que tiene que en la bacha de anoche no armitían españoles, y menos baratilleros; pero bien que sabe dirse visitando altares pa ver aónde puée colarse... Y pa que tú veas, entoavía si tú quisieras... el domingo hay una bachata de atóo meter en casa de ña Encarnación y ¡esa sí que va a ser la gran checha! pa los convidáos na más; como que será a puerta serráa... tú podías muy bien dir manque no bailaras, y te convenserías de la clase de gente que va allí a gosar. Y te alvierto de nuevo que esa no va a ser como las cunitas de bunga aflijía de la jente de casa particular. ¡Qué va! Muy contaítas serán las que asomen po allí el josico. Las hijas de ña Encarnación no se rosan con la gentusa, no te vayas a creer... y tóa la hembrería será de familias libres. Pero yo tengo allá bandera alta; porque mi madre fue muy amiga de la vieja, y me consideran mucho; ¿quién sabe si será porque le tienen miéo a mi lengua que no me la muerdo cuando veo que me tratan con despresio... porque ellas saben que yo las conosco a tóas, muchachas... Bién sabes tú que la que más y la que menos, tóas tenemos la noblesa en la cosina del amo, cuando no en los barracones del cañaverá. Conque, vamos, ya sabes que diendo colmigo no hay novedá... ¿te desides?...

Sofía, continuaba pensativa. Luchaba combatida por su modestia que se sublevaba ante tanta degradación moral, y su deseo de mejorar la condición humillante que la aniquilaba. ¿Quién podía asegurarle que entre la juventud enriquecida que concurría a las tales reuniones no podía encontrar su Ricardo Bonanza que la libertase y se casara con ella secretamente. Esto le atraía con fuerza incontrastable. Pero su incertidumbre duró solo algunos instantes. Luego recordó otros casos en que lo único que habían logrado las confiadas esclavas era aumentar el número de los criollitos de la dotación de sus dueños. Y ¡qué dolor para Sofía, verse como la pobre Filomena, la costurera de su propia casa, que tuvo un hijo con no se sabía quién, y fue a criarlo a un ingenio donde por castigo la habían mandado sus amos; porque ensoberbecida se atrevió a decirles que «el padre de su hijo tenía dinero sobrado para libertarla a ella y a él»! ¿Quién quitaba que cualquier mocito sin conciencia se burlase de ella, dejándola en peor situación de la que ella se encontraba? Más valía no exponerse. Había tiempo en demasía. «Si estaba de Dios», no le faltaría «su chungambelo» que hiciese su suerte. ¿No decían los viejos refranistas que «matrimonio y mortaja del cielo bajan»?

Así pensaba Sofía, sin imaginar un momento que aquello del casamiento secreto podía ser todo una grosera artimaña, lo que llamaban los jóvenes, a la moda, «una taquería», que costaba a lo sumo un par de 1.000 duros, al derrochador jovenzuelo de la acaudalada familia Bonanza. La inexperta muchacha lo había creído todo de buena fe. ¿Cómo podía figurarse que un hombre que libertaba a una mujer bonita y elegante, y le ponía casa de todo lujo, pensara en ello como en cosa pasajera? No; aquello era un acto serio. No podía ser de otro modo. ¿Lo creía de la misma suerte la bachillera Teodora? Podría sospecharse que no.

El Sol empezaba a trasponer su luz, y esta era la señal del desfile de las niñeras. Sofía prometió, por decir algo que no fuera del todo desagradable a Teodora, pensar en el asunto y contestar oportunamente a la zafia correntona. Y cogiendo de la mano a Julita, la niña que cuidaba, se despidió y tomó el rumbo de su casa.

Extrañábale a Sofía, por más que no se confesaba desearlo, el no haber visto a Federico en la Plaza de Armas aquella tarde. A cada momento habíale asaltado, a su pesar, el pensamiento, la ausencia del joven. Y sin darse cuenta de ello se engolfaba en conjeturas respecto del individuo en quien no quería pensar.

Estará por el Parque de la Marina —decíase interiormente, a la vez que se negaba a sí propia la importancia que para ella tuviera este hecho—. Y sin embargo; no atendía en nada a lo que la parlera Julia le decía, que eran muchas cosas sobre todo cuanto al paso veía, como sucedía siempre; y la niña protestaba a menudo del poco caso que le hacía la criada, quien en otras ocasiones la seguía con placentera atención en sus desaliñados discursos. Ahora no hacía más que caminar y caminar, sin soltar de la mano a Julita, que concluyó por hablar sola, si bien de poco en cuando dirigía un reproche a su guarda, porque no le contestaba a sus palabras. Pero Sofía continuaba en sus imaginaciones:

—Al parque sí, a ese parque de la mirandilla van todos los libertinos, a correr detrás de las pobres muchachas que van allí a pasear a los niñitos. Si no fuera por eso yo llevara a Julita por allá pero va tanta zarrapastrosa... ¡Claro! como que aquello está más solitario... Pero es más fresco y... ¡pero si van tantos hombres que le caen a una como la polilla!... ¡Se figuran que una es boba que les va a hacer caso! ¡Todos son lo mismo! ¿No ve Fico?... Le ofrecen a una villas y castillas, y luego se van riéndose de una... ¡Sí como que yo le voy a creer!

Apuesto cualquier cosa a que está por allá diciéndole lo mismo a cualquiera de esas mentecatas que estará dándose tonelete con el... ¡Si no fuera tan tarde!... no más que por ver si es verdad... ¡Ojalá que lo hubiera pensado más antes!... le hubiera dado una sorpresa... porque de seguro que está por allá luciendo el taco... para después venir... ¡sí, no tengas cuidado!... Deja que me venga otra vez con sus boberías... De todos modos, como que yo no lo voy a querer ¿qué me importa?... Pero he de decírselo para que no se crea que yo me mamo el dedo... Antes ¿qué había de faltar a embromarla a una haciéndose el que jugaba con la muchachita!... ¡Pero ya se ve! Mejor estará allá por su Parque de la Marina con toda la recua de negritas, y mulaticas sucias que van allí deseosas de que le digan ji para decir ja.

Llegaba en esto al zaguán de su casa, y enseguida se le desprendió de la mano la bella Julita, y con menuda carrera fue a caer sobre las piernas de Ana María, su madre, quien la estrechó amorosamente contra su corazón, colocándola después en sus rodillas e interrogándola con maternal dulzura.

Era ya de noche. Encendiéronse los tubos del gas y comenzó el ruido de los platos y la cristalería que preparaban para la comida los criados encargados de este servicio. Sofía servía a la mesa después que la ocupaban los amos.

¡Allí estaba Federico, vestido como para salir! Sofía no le había visto hasta entonces. ¿Era que no había salido en toda la tarde? Tal vez no había ido al Parque de la Marina; acaso había estado en su cuarto estudiando; quizás pensaba el mozo en ella, mientras Sofía por su parte le juzgaba con tanta ligereza, acusándole cruelmente de una falta que no había cometido...

Bien ¿y qué? A Sofía ¿qué le importaba? De todos modos ella no había de quererle. ¡No faltaba más! ¿Ella era boba?

En el cerebro de la muchacha se agitaba un mar de revueltas ideas, encontradas todas. Quería convencerse de que no le impresionaba el amor que le pintaba su amito; temíale sin saber por qué y no se daba cuenta de que su temor y su esfuerzo por convencerse a sí propia de su indiferencia; constituían su naciente interés, cuando menos, por el joven, y su preocupación por el apasionamiento de éste.

Sofía sirvió la mesa aquella noche sin alzar la vista cuando tenía que dirigirse hacia donde estaba Federico: Sirvióse el café, y al levantarse los comensales, dijo Magdalena a su hermano:

—¿Vas a acompañarnos a la velada, Fico?

—No, no me es posible —respondió vivamente Federico—; voy ahora mismo a salir, y volvería demasiado tarde para acompañarlas a ustedes; pero las encontraré allí y vendremos juntos.

Magdalena hizo un gracioso mohín que significaba su contrariedad, y Ana María dijo, dirigiéndose a Federico:

—¡Cosa más particular! Tú siempre tienes alguna diligencia precisa.

Y ambas hermanas, visiblemente disgustadas se retiraron hacia la sala, a tiempo que el reloj del comedor daba las ocho. Cosa de diez minutos más tarde estaba la señora en su gabinete, entregada a su criada especial, María Jesús; mientras que en el suyo Magdalena se encontraba con Sofía, que ejercía sus oficios de doncella de tocador.

—¿Me encuentras bien? —preguntó con graciosa y familiar coquetería Magdalena a su criada, cuando ésta hubo dado el último toque a su toilette.

—Encantadora, señorita —respondió Sofía con ingenuidad—. A pesar de la sencillez con que va la señorita, no creo que encuentre rival en la reunión de esta noche. ¡Tengo más ganas de ver un baile de la sociedad!...

—Te prometo —díjole la dama—, que en el primero que se celebre satisfarás tus deseos. A la fiesta de esta noche no me parece que irán muchas mujeres porque no hay baile; pero ten por seguro que allí asiste toda la sociedad de buen gusto. ¡Si hubieras visto el último baile!...

—Yo lo creo muy bien, señorita —repuso la muchacha—; pero en el último baile llevaba la señorita el traje más elegante que se ha visto entre las señoritas de mejor tono en esta temporada.

Y no le adulaba demasiado la esclava. Magdalena hacía tan maravillosas combinaciones que, desviándose prudentemente de los figurines que estudiaba, podían parearse con ellos en ingeniosidad y refinamiento, mejorándolos a menudo con la supresión acertada de algunas extravagancias de los árbitros de la moda.

La noche en que la presento al lector, ella que por la naturaleza estaba dotada de las más seductoras gracias personales, vestía un traje de finísimo nansú labrado, con sobrefalda de la misma tela, cayendo en lisas plegaduras sobre sus arqueadas caderas, y rodeados los extremos de magníficos encajes de Inglaterra, de apenas dos dedos de ancho, y sombreado el vestido por un lienzo de fular azul tan caprichosamente colocado en el interior, que parecía ser todo una sola pieza. El efecto era excelente. Como adorno cubridor de las costuras llevaba un cordoncito azul pálido, embrocado de hilo de plata, y luego una cinta de raso, también azul, un tanto más subido, que, plegada en suelto lazo de corbata, le caía desde el escotado pecho hasta más abajo de su estrecha y ajustada cintura. Nada de mangas; unas cuasi triangulares aletillas que por cada lado de ambos brazos subían, iban a unirse sobre sus abiertos, rosáceos y bien torneados hombros, sujetándolas dos grandes hebillas de nácar, de primorosa obra, a las cuales venían a rozar, en la línea braquial, los extremos superiores de unos altos mitones de fino punto de seda color rosa té, que encerraban sus brazos de modelo y ocultaban a medias sus manitas de niña mimada. Llevaba el cabello —aquel cabello acopiado, sedoso, cuyo castaño oscuro semejaba la melcocha de caña cuando va tomando su rubicunda brillantez—, llevábalo, digo, con artístico abandono recogido hacia arriba, formando en el vértice un enlazado moño que sugería la idea de una japonesa modificada, redondeando el pensamiento un caprichoso clavo de Carey, encabezado de perlas, el cual clavo, traspasando el rollo de un lado a otro, sujetaba la monísima armazón. En las orejas llevaba unas pequeñas perezosas de plata en forma de medias conchas, vueltas hacia fuera sus concavidades, abrillantadas a semejanza de la menuda arena salitrosa que las cubre, y sosteniendo cada cual una perlita que, en su oscilante posición, parecía próxima a desprenderse y rodar por «el suelo profanado por la planta del hombre». Y en el cuello lucía una riquísima sarta de genuinas perlas también, que formaba dos cadenas de macizo eslabonado en arco esférico, sujetando por cuatro de sus puntas una estrella americana, sembrada ésta de las mismas concreciones moluscóideas, de color gris mate, las cuales encubrían todo el metal de la preciada joya, en cuyo punto medio exhibía en miniatura el venerable busto de la anciana y ya difunta madre de la señorita. Dos culebras exquisitamente talladas al granulado, cada una con un par de pequeñas perlas brillantes por ojos, completaban el terno, enroscadas en el alto brazo, sosteniendo allí los mitones que a dos pasos de distancia simulaban a perfección la delicada epidermis de aquella mujer enloquecedora. Los zapaticos que aprisionaban sus enarcados pies criollos, coreaban el tono que les había dado el vestido, asomando al andar una garganta delatora de irresistibles encantos que el pudor ocultaba.

Aquella noche llevaba Magdalena el envidiado paipai que, siguiendo su inspirado designio, había hecho fabricar su hermano Federico por los mejores artistas de la afamada casa de Duvelleroy, cuando últimamente estuvo de recreo en París. Construido de escogidas plumas del nevado vientre del marabú, tenía en el centro, con las alas y la cola extendidas, como volando hacia la persona que en la mano tuviera aquel hermoso mueble, una paloma zurita, con su lomo azul espléndido, encarnada oscura la pechuga, y casi rodeando el abanico sus rémiges y rectrices de inimitable azul pizarra; y para que nada faltase a la sublime inspiración artística, en el córneo pico sujetaba la donosa avecilla una diminuta cartulina con una acuarela de Gavarni, representando un cupido con la aljaba repleta, el arco desarmado en la izquierda mano con abandono caída, y el dedo índice de la derecha oprimiendo suavemente el mofletudo carrillo, junto a la boca, e inclinada la frente en abrumada actitud meditativa.

Sofía tenía razón. Ni en conjunto ni en detalle habría en la fiesta que se celebraba aquella noche quien con éxito le disputase el triunfo a su señorita.

La joven salió envuelta en el nimbo arrobador de su hermosura, y dirigiéndose al aposento de su hermana la llamó. Ana María estaba también lista, y cual Magdalena, interesante, hermosa, con esa otra hermosura de las mujeres ya del todo desarrolladas, que fascina casi siempre más que la prístina belleza de la adolescencia.

Ana María dio un tierno beso a Julita, que como ángel de arte dormía en su pequeña cama de bronce, frente al lecho de su madre. Luego salieron las dos hermanas y ocuparon el carruaje que a la puerta les esperaba hacía ya más de media hora.

Eran las diez cuando, haciendo el cochero un simple acometimiento con la fusta al brioso tronco negro, de pura taza inglesa, partieron los soberbios brutos, a duras penas contenidos, sosteniendo su preciosa carga.

II

¡Pobre Sofía! Era una muchacha muy desgraciada. Cuando una vez, en los paseos que daba a la niña Julita, le interrogó una de sus compañeras, mujer de entrada edad, negra de respetable porte que solía decir que era el «jorcón de la casa» refiriéndose a la de sus señores por los muchos años que llevaba en ella; viendo Sofía el cariñoso interés que le demostraba la buena mujer, contándole su historia le había dicho:

—Yo no tengo padre ni madre. No los he conocido nunca. Yo no tengo familia. Siendo yo chiquita, doña Brígida, una señora isleña que había en casa de mis amos, me decía que ella era mi madre, y que nadie tenía que ver conmigo. Malenita era del mismo tamaño mío, porque solo me llevaba pocos meses. La niña Ana María sí, ella era mayor que nosotras dos, y era ya una señorita, y se casó con el caballero, y desde entonces parece que entró el enemigo malo en la casa. Fico era mayor que Malenita, y estaba estudiando cuando murió el ama en la Isla de Pinos. Habíamos ido allá para que él se diera baños y se murió a los dos meses. Pero como ya la niña Ana María se había casado, ella y el caballero quedaron hechos amos de todo, y en un decir Jesús el caballero lo viró todo al revés. Un día me dijo: «¿Y tú por qué le dices mamá a doña Brígida? ¿Tú no ves que eres una mulata y que ella es una señora blanca? Tú no tienes madre, ni padre. A nadie tienes más que a tus amos, y eres ya muy zangaletona para que no sepas que tu obligación es servir en lo que se te mande, y nada más». Doña Brígida se puso muy brava cuando yo se lo dije, y ya me parecía que en efecto era mi madre y que me iba a sacar de allí. Yo tenía entonces nueve años. Recuerdo perfectamente que doña Brígida decía: «No es mi hija, no; pero yo soy más que su madre. Atrévase a tocarla alguno para que sepan quién es Brígida Correoso de los Monteros». Entonces lloré mucho, porque comprendí de verdad que yo no tenía madre, que yo no tenía familia... El caballero se puso hecho una furia, y botó de la casa a doña Brígida, y ella salió amenazándolos a todos con que volvería con la policía, y se armó el gran escándalo; pero aquella misma tarde el amo me hizo que amarrara en un burujón algunas mudas de ropa, y me llevó en el tren al ingenio Candelaria cerca del poblado de Matarife, para que sirviera en la casa de vivienda. Cuando el amo se marchaba lloré, y me arrodillé delante de él, y me abracé de sus piernas y le supliqué para que no me dejase allí; pero él se puso más bravo entodavía y me dio una porción de golpes y de una patada me tiró en el suelo y enseguida se montó en el caballo y se fue. Después... ¡ah!... ¡después sufrí tanto tanto!... y no supe más de Malenita... ni de doña Brígida... ni de nadie...

Y la tierna y sencilla jovenzuela rompió a llorar en silencio al recuerdo tristísimo de sus desgracias. Sofía suspiraba con dolor agudo, aniquilante, y aquellos suspiros, rebosando de sentimientos de abnegación y humildad, conmovían, hiriendo en lo más íntimo a cuantos los escuchaban. ¡Pobre niña! Nació con un alma de ángel, y los caprichos del mundo egoísta la recluían a los sufrimientos del infierno. Con un corazón capaz de amar y de comprender el amor de que era digna, se veía despreciada de los que la rodeaban, encumbrados en su insólita soberbia.

El día que el señor Nudoso del Tronco la llevó al ingenio, lo hizo con cierto sigilo, para evitar el escándalo con que le amenazara la anciana doña Brígida. ¡Cobarde! ¿No era la muchacha su esclava? ¿No tenía él derecho a todo, hasta a la vida y muerte de su animado mueble, de su propiedad andante? ¡Cuán ridículo el tirano que no sabe serlo! ¡Cuán despreciable el déspota mañoso en la perpetración de su poder omnímodo!

Allá en la finca la dejó rigurosamente recomendada al administrador. No había de salir de la casa de vivienda. Serviría a la familia de aquél, y había que hacerle entender a «la engreída esclava», que «no todo el monte era orégano».

El administrador no necesitaba más explicaciones.

Componíase la familia de aquel encargado modelo, de su esposa y dos hijos: varón el uno, Menejildo, de unos quince años de edad y la otra, Antoñica, una rolliza trigueña de apenas trece, nacidos ambos y criados en un sitio de aquellas cercanías de las cuales no habían salido nunca.

Al día siguiente de estar en la finca, preparaba Sofía la mesa para el almuerzo, y a su lado estaba Antoñica. En su inocencia habían trabado amistad al momento las dos niñas. A una de las criadas, negra que tampoco había traspasado jamás los linderos de la hacienda en que naciera, ocurriósele decir que «parecían hermanitas» las muchachas. ¡Nunca lo dijera! Oyólo la madre, que se columpiaba en un mecedor de pajilla, de los cuatro que junto a una ventana formaban el rústico estrado. Alzó la vista la ignorante montuna, observó a las niñas, y creció su enojo cuando notó la enorme diferencia que resultaba a favor de Sofía. Echó una brusca reprimenda a la negra, amenazándola con enviarla al corte de caña si se le ocurría repetir tamaño ultraje, e hizo que su niña se sentara y dejase a la mulatica en sus obligaciones.

La infortunada esclava, que precisamente en aquellos instantes se hacía la ilusión de encontrar en Antoñica la sustituidora de Malenita, sintió un frío que le tomaba todo el cuerpo, el corazón saltóle a la garganta como si quisiese ahogarla, y en la congoja que la embargaba dejó caer la jarra de barro blanco, sucia de imposible limpieza, en la cual servían el agua; y toda temblorosa y aturdida miraba con espantados ojos a la guajira que, pálida, cárdena de pura cólera, se le venía encima como una maldición implacable. Descargó un tremendo golpe a la muchacha en la cara, acreció el escalofrío que a la desventurada niña sobrecogiera, se le desvaneció la vista, cayó en peso, y fue a dar con la cabeza en la plancha de asa rota que había para escorar la puerta del corredor. Allí quedó un momento aturdida. Diole la administradora un tirón de un brazo, púsola a viva fuerza en pie, y entonces vio que la sangre empezaba a empaparle el vestido por el hombro derecho. Alarmóse la mujer un tanto, porque todavía no tenía la certeza de la impunidad ni conocía la extensión de rigor y crueldad que podía emplearse con «la mulatica del pueblo».

Llamó doña Trifonia a las otras criadas, la cocinera y la sirviente que antes había hecho aquella natural cuanto inoportuna observación, y ambas le lavaron y vendaron la herida, que no era de consideración mayor, y todo quedó en calma tras infinitas amonestaciones por parte de la estulta y violenta señora.

No tardó en llegar don Mauricio, que así se llamaba el administrador, y después de muchos gritos amenazadores y otro tanto de groseras palabrotas contra la atemorizada Sofía, engullóse el almuerzo, compuesto de gruesa harina de maíz, bien mantecada; tasajo de vaca del país, aporreado con tomates; carne de puerco y plátanos verdes, aplastados, fritos, y boniatos y yucas salcochadas; y después de tomarse una buena taza de café tintoso, y encender un magnífico veguero que sacó de una yagua retorcida, llevóse la muchacha a la enfermería para que le curasen la herida, si era que había mérito para ello.

Era el enfermero un pobre viejo, hombre inteligente y honrado, especie de Jesucristo de negra tez y algodonada cabeza, tipo muy común en las dotaciones de esclavos; uno de esos seres que jamás han sufrido bastante, que encuentran siempre un atenuante a las injusticias humanas, pensando que peor pudiera haber sido el mal experimentado, y confiando siempre en una Providencia que inventaron los malvados para embaucar a los imbéciles.

Cuando se presentó el administrador con Sofía, estaba el enfermero curando las heridas que desde la nuca a las nalgas había causado a una pobre muchacha el boca-abajo que le dieron unos días antes, porque se detuvo allá por entre los cañaverales con su amante, unos cuantos minutos después de la lista que se revisaba al soltar el trabajo del campo todas las tardes, para repartir enseguida la dotación en las distintas labores de la faena nocturna en la casa de molienda —trabajos que duraban regularmente, en tiempo de zafra, hasta las doce de la noche o la una de la madrugada, según el ánimo de los empleados—. El enamorado mancebo, el negrito Silvestre, sufrió a su vez igual castigo, y, como su fina barragana, pasaba en el cepo de la enfermería las horas que para comer y dormir le dejaba libres el interminable trabajo del esclavo en los ingenios de azúcar. Había departamentos correccionales para ambos sexos; pero necesitando el administrador dar a los amartelados delincuentes una severa enseñanza, habíalos puesto en uno mismo, y aun cercanos, de pie a ella y a él de cabeza, colocados como estaba el bárbaro instrumento en medio de la estancia que ocupaba, y teniendo a lo largo de sus lados o frentes respectivos, anchas tarimas sobre las cuales descansaban el cuerpo los infelices castigados.

Para curar a Sofía fue necesario cortarle el abundoso cabello alrededor de la herida; y esto sugirió a don Mauricio la idea de «rapar a la mulata», y en consecuencia hízola rasurar «arrentico al casco».

Sofía sintió caer, ciegos por el llanto los ojos, su hermosa, ondeada y lustrosa trenza, negra como su ventura; aquella cabellera que tanto le habían celebrado en la ciudad, caía destrozada al despiadado golpe de unas tijeras herrumbrosas, manejadas por salvaje y automático artista. Pero sus cortos años, tan cortos que apenas alcanzaban a la vanidad, no le permitieron «elevar la protesta a la altura del agravio», como dicen los políticos modernos.

Volvió a la casa de vivienda la infeliz chicuela, y así que la vio la señora ensanchósele el pecho, notando ahora la diferencia a favor de su hija, puesto que Sofía llevaba en la cabeza, en vez de su copiosa cabellera, atado un pañuelo de «bayajá» de ruidosos colores, como los de las criollitas de la plantación.

A las nueve de la noche, cuando se le dio permiso para recogerse, metióse en su tarima la muchacha, en un cuarto de la casa en el cual dormían Juana y ma Cleta, sirviente y cocinera respectivamente, donde a poco las encerraron, pasando un cerrojo con llave por la parte de afuera.

Diríase que la muchacha dormía, tal fue el silencio e inmovilidad en que permaneció, encogida y medrosa, en su cama de pino blanco mal juntado. A pesar de sus pocos años diose al vuelo la imaginación de la niña, y comparó su vida anterior con la que se inauguraba con tan terribles promesas. No llevaba aún dos días en aquella casa de campo y ya le habían roto la cabeza, golpeado el rostro, segado el cabello, amenazado con el corte de caña e insinuándole el boca-abajo y el cepo. La infortunada niña se estremeció en su tablado menos duro que el corazón de aquella gente, degeneradas por su hábito en el trato cruel de los esclavos en las plantaciones de caña.

Cuando se durmió Sofía soñó que la anciana doña Brígida la defendía valerosamente contra todos los ataques del señor Nudoso del Tronco, quien ahora tomaba la forma de una bestia feroz, aterradora, que se le echaba encima con sus venenosos dientes afilados, puntiagudos, y su lengua mortífera, garfilanceada, que se estiraba; se estiraba hasta alcanzarla en el rincón en que casi muerta de miedo se había acurrucado, y al tocarle con la punta en su enervado cuerpo, vomitaba una volcánica escoria que la martirizaba atrozmente; y lanzando blanquecinas llamas por las narices y los ojos, poco a poco transformábase en hombre nuevamente, e íbase luego por grados ennegreciendo, y convirtiéndose en algo como un demonio de peludo cuerpo, de cuernos retorcidos, de horrorizante risa, de ojos como ascuas cuya mirada quemaba cual la luz de la lente a la transmisión del Sol; y al sentir en el rostro aquella persistente mirada, no pudiendo sufrirla porque le abrasaba las carnes, dio la niña un grito y un salto para huir de sus trituradoras garras que ya se extendían para cogerla... y despertó bañada en un sudor frío, abundoso, y dominada por una terrible congoja que no la dejaba moverse. Después de un rato, para convencerse de que estaba despierta, estiró los brazos; movió las piernas, y cubrióse al fin con la frazada de negra lana que le habían dado al llegar al ingenio. La pobre niña tenía fiebre.

Era muy entrado el mes de noviembre, y hacía poco que empezara la molienda. Desde su tarima oía Sofía el monótono cantar de la negrada que todavía trabajaba alimentando el conductor a los cilindros moledores, cargando las fornallas, trasegando las templas, removiendo los carros cargados de dorada granza que diez minutos más tarde quedaría convertida en el más rico azúcar granulado, por medio del procedimiento centrífugo que tanto maravillaba a los sencillos guajiros. La triste y acompasada canción selvática de los maltratados esclavos resonaba en los oídos de Sofía como un lejano canto a muertos, algo como la fúnebre oración ceremoniosa que había presenciado indiferente algún tiempo antes en la iglesia catedral de la ciudad cuando murió un acaudalado cacique de aquellos lares, dejando en la miseria a un inmenso número de familias que confiaron en su honradez y probidad simulada. La música del órgano religioso la suplían tormentosamente para ella el torbellino que le envolvía el cerebro, y el continuado chi-qui-chic-chac de la máquina de vapor. Luego quedóse dormida al quejumbroso acento de aquellos desgraciados esclavos que aún no habían terminado su faena nocturna; y al despertar, su primer pensamiento hubiera sido para Malenita y doña Brígida, si no se lo estorbaran los chasquidos del látigo y los ayes desgarradores de un esclavo a quien martirizaban. Aquella finca, como casi todas por aquellos tiempos en Cuba, era un infierno terrenal, un lugar de tormento, donde los gritos de las víctimas se confundían con las imprecaciones de los victimarios, donde los juramentos de los condenados eran amortiguados por el ruido de los hierros que les aprisionaban y los estallidos del foete sobre sus laceradas espaldas.

¡Qué sufrir el de aquellas desgraciadas almas! ¡Qué crueldad la de aquellos desalmados esclavistas! ¡Qué infamia la de los empedernidos negreros! ¡Qué indignidad la tolerancia de aquellos actos inhumanos! ¡Qué maldición la que cayera sobre la sociedad que indolente lo observara todo, entregándose a la molicie y la holganza con los vergonzosos productos de aquel tráfico animado por el deshonor y el egoísmo!

No tuvo la niña tiempo de darse cuenta de los chasquidos que oyera, ni de los desesperados lamentos del que el suplicio sufría, que esta vez era un mozo mulato que la noche anterior había contestado con alguna altanería al mecánico rutinario que allí se daba humos con el incensario de los expertos maquinistas. Despertóla el vocerío, y a seguida oyó que descorrían el cerrojo y al mismo tiempo la voz del administrador que gritaba: «¡Arriba!». Y «¡arriba!» maquinalmente repitieron sus dos compañeras de dormitorio, y como por un resorte eléctrico movidas se pusieron en pie; y sin demorarse un punto lo hizo también ella, nerviosamente siguiendo el movimiento, invadido su cuerpo todo por el terror que le causaba aquel hombre a quien en su inocente lenguaje le llamaba «muy malo».

Sofía sirvió poco después el café a don Mauricio, que estaba apoyado de codos sobre el barandaje del colgadizo exterior de la casa. Enseguida fue con la otra sirvienta a la mayordomía, donde estaba la despensa, a buscar las provisiones del diario, que no se guardaban en la casa, temiendo que se las robaran los criados domésticos; y al volver, cosa ya de la seis de la mañana, llevó el café a la «niña» madre y a la niña hija, quienes aún estaban en la cama —que el varón andaba por la casa de calderas, echando a perder templas en compañía del maestro de la finca, sacando azúcar por obra y gracia de la imitación estúpida que de anteriores procedimientos hiciera el empavonado montés que, cada siete u ocho meses, veíase en aquellas alturas recibiendo un sueldo inmerecido.

La buena cuanto rústica Juana adiestró a Sofía en sus quehaceres, y en adelante poco sufrió la chica por su causa; pero ¿qué importaba esto? Aquella gentes, sin condiciones siquiera para servirse por sí ¿cómo podrían hacerse servir bien y considerar al sirviente? Para ser buen amo se necesita una educación superior. Y ¡cuántas veces eran inferiores a las del esclavo las condiciones intelectuales de su señor!

Todos en casa del señor Nudoso del Tronco olvidaron pronto a Sofía, el caballero incluso. Malenita lloró algunas veces los primeros días, al echar de menos en sus juegos a su inseparable compañera hasta entonces; pero no tardó en pasar todo aquello. ¿Acaso le permitían más su edad ni su posición?, Doña Brígida se hizo temer por algunos días con su repentina y amenazadora ausencia, pero como no se supo más de ella, nadie volvió a ocuparse de la ocurrencia ni volvió a mencionarse en aquella casa el nombre de la secuestrada muchacha, que continuó arrastrando su vida entre las miserias de la servidumbre campestre y las brutalidades de los ignorantes servidores del esclavismo, por espacio de seis largos martirizadores años.

Y en todo aquel tiempo ¡cuántos sufrimientos experimentó la desvalida niña! ¡Cuántos cuadros cada cual más odioso, tuvo ocasión de observar en aquella madriguera de verdugos de la moralidad social!

De vez en cuando traían a una jovenzuela que parecía una verdadera señorita; pero no era más que una esclava a quien mandaban allí sus amos «para que le bajaran el cocote». A veces era un mozo guapetón, bien plantado, que ya «no se podía resistir» en la ciudad porque «era muy parejero» y había que recordarle de una manera efectiva que al negro no le correspondía en el reparto social más que «pan malo y cuero duro»; o ya era una mujer de rostro respetable, a pesar del sello infamante de la esclavitud, a la cual desdichada, después de haber criado tres o cuatro niños de sus amos, por cualquier falta insignificante le habían dado papel para buscar comprador, y no encontrándolo en el plazo fijado la habían vendido, en bajo precio quizás, sus señores, por cuenta propia, a cualquiera de esos desalmados agentes de carne humana para los trabajos del campo.

¡Ah, el papel! Esto era curioso en extremo. Llamaban papel en su lenguaje especial los negreros, al documento autoritativo que daba el amo al esclavo para que buscase nuevo dueño. En aquella autorización se expresaban las condiciones físicas y morales de la persona o personas que habían de ser vendidas y compradas, respectivamente; el trabajo o trabajos que podían y sabían desempeñar, la edad, el sexo, cantidad que se pedía y días que duraba en vigor el papel-licencia. Regularmente eran quince; pero se daban también por ocho, por tres, al capricho del vendedor. Si en realidad quería vender, quince o más días; si deseaba atropellar materialmente, tres. En este último caso bastaba en las condiciones un detalle desfavorable o un precio exagerado para que el esclavo no encontrase comprador. Los jueces intervenían muy rara vez en esto, y así quedaba libremente al amo el destino del esclavo. Pasado el término fijado en el documento sin que encontrara comprador la andante mercancía, restituíase el amo sus derechos, y casi indefectiblemente le enviaba a un ingenio de azúcar u otra finca rural cualquiera, pagándolo a menudo, y recomendando a los dueños y empleados de la finca, según caso, la práctica de los rigores más crueles.

A veces pedía el esclavo la intervención del síndico, árbitro convencional cuyo fallo no era imparcial siempre; y siendo, como era por lo general, uno de los mayores poseedores de esclavos, haciéndose omiso caso de sus aptitudes justicieras o su práctica en cuestiones de derecho, adoptaba la peculiar legislación del negrero, y ganaba infaliblemente la contienda el amo. Entonces eran mayores los sufrimientos del esclavo, aumentados por la exasperación del dueño, al verse contrariado por la cosa que poseía. En muchas ocasiones la rompía, a lo que es igual, descuartizaba al esclavo con el boca-abajo de veinticinco a cincuenta azotes a piel desnuda; en otras usaba el cepo, máquina de tormenta, compuesta de dos tablones en cuyas junturas formaban agujeros en que cogidos de los pies por los tobillos, o de la cabeza por el pescuezo, sufrían los esclavos una tortura verdaderamente horrible; o bien se empleaba el grillete doble, sujeto a la cintura por entre las piernas y si se temía que se fugase, a un extremo de otra cadena agregada al grillete, se remachaba una maza de hierro de una pesantez proporcional a las fuerzas del esclavo, quien tenía que cargarla al hombro hasta el lugar en que trabajaba y luego, de retorno; hasta los barracones; o si no, usábase «el collar», otro instrumento más degradante aún, cuanto que consistía en un aro de hierro que se colocaba en el cuello al penado, cerrándose con llave o a remache; de este aro partían dos a modo de cuernos, también de hierro, que sobresaliendo por los lados a la cabeza, tenían en los extremos superiores una campanilla cada uno, como las que se acostumbra poner a las vacas de cría, y así adonde quiera que se dirigía el esclavo llevaba consigo el sonsonete ominoso que le denunciaba. Y había también, en más brutal escala, el «novenario», que consistía en un «fondo» o boca-abajo que solo permitía nueve foetazos cada mañana, por espacio de nueve días. La variedad de castigos, en fin, la escalera (azotes, amarrado el delincuente de pies y manos en ella), el pregón (esto es, el castigado a más de ir cargado de hierros, debía ir pregonando, por ejemplo: «Aquí va Fulano —su nombre— que robó una lata de miel», «una canasta de boniatos», o «se juyó cimarrón», etc., según la falta o delito cometido); esta variedad, repito, limitábase donde se limitaba el refinamiento cruel de los aplicadores del tormento, el cual quedaba al libre albedrío y natural condición del poderoso feudatario, puesto que no había código ni ordenanza superior que seriamente señalara el correctivo de cada falta o delito. Y una vez que se ha hablado de los principales castigos, no hay necesidad de extender la relación numerando los adicionales de la alimentación, lo cual puede con facilidad suponerse; ni tampoco explicando la bárbara cura del boca-abajo, consistente en una mixtura de aguardiente, orina humana y hojas de tabaco secas, y más a menudo de los mismos desechos del torcido y fumado, lo que le daba mayor fortaleza escocedora, propinándose a la desollada parte aquese mucilago que más que curativo era un menjurje infernal que martirizaba hasta lo inconcebible al desgraciado paciente.

¡Y todo esto lo hacían, o por su orden, individuos que se adornaban con el honroso título de «hombre» y de «hombre civilizado», casi siempre con el aditamento de «instruido», y hasta de «ilustrado» a menudo, para mayor vergüenza y escarnio de la sociedad que los amparaba engrandeciéndolos!

Y allí, a la vista de todo esto tan imponderablemente desmoralizador permaneció la desventurada Sofía, con las mayores violencias de su corazón noble y hermoso, seis años mortales que fueron para ella seis siglos de angustias y de dolores sin cuento.

III

Magdalena Unzúazu, a quien tan elegante y lujosa, hemos visto salir con su hermana, la arrogante señora de Nudoso del Tronco, es aquella Malenita que tanto echara de menos Sofía en las soledades de la finca. Ahora era Malenita una damisela cumplida en todas sus bondades. Adquiridos ya los primeros conocimientos en su ciudad natal, había sido enviada a Filadelfia, según la disposición de su difunto padre, y allí recibió una brillante educación semicuáquera, retornando a su patria a los dieciséis años de edad, habiendo permanecido cinco en los Estados Unidos del Norte.

Ciertas absurdas prevenciones de raza que la habían saturado en el centro de su perfeccionamiento educacional, quedaron presto desvanecidas por las impresiones patrias, y suplantadas por las preocupaciones sociales, por el orgullo de clase que todo lo domina en nuestro país de colonial ventura. Los odios terribles que en la república de la Unión destrozan la fraternidad popular, no habían arraigado, no podían arraigar en su carácter naturalmente generoso y razonador.

Magdalena poseía un cerebro de constitución fuerte, capaz de sufrir sin llorar la prueba de un olvido de su modista —bien que la entendida joven no necesitaba de ninguna dirección para el buen desempeño de su indumentaria.

Presentósele cierto día una muchacha limpia, de buen aire y no mala cara, anunciándosele de prueba, en venta, y adelantándole con modesta y suelta frase sus buenos oficios y especialmente su pericia en asuntos de costura, agregando que había pedido papel a su amo, porque «los niños de su casa la asediaban y concluirían por hacerle caer en perdición, si no por sus mentidos ofrecimientos, por sus despechadas venganzas». Agradáronle desde luego a Malenita el recato y las maneras de la joven Filomena, compróla, y en verdad que resultaron su aguja y sus tijeras de un gusto y corrección admirables.

Pero ya para este tiempo tenía la dama a Sofía en su servicio particular, pues desde su llegada del extranjero la había hecho traer del ingenio, invocando la compasión de sus familiares, y ponderando su afecto por la mulatica desde sus primeros años.

Muy a disgusto había accedido el señor Nudoso del Tronco; porque, sin poderlo remediar, descomponíasele la faz y el carácter se le agriaba más, siempre que se trataba de Sofía, y se desataba luego en denuestos contra la muchacha, pintándola con los más detestables colores; pero al fin había cedido, con gran contentamiento de Magdalena, quien, aunque no muy claramente, recordaba con cierto cariño a su compañera de la infancia; y más cuando, una tarde que andaba por el microscópico jardín del patio, vínole súbito a la imaginación la niña que con ella estudiaba las lecciones de primera lectura en aquellos mismos lugares, y preguntándole a la vieja Maló, aquella buena anciana que desde que la trajeran del África no había salido del seno de la familia, relatóle aquélla exagerando —aun con ser muchos— los infortunios que sabía y no sabía que padeciera la desterrada Sofía.

—¿Sofía?... ¡Ah!... sí... sí... la recuerdo ahora perfectamente!...

Esto había dicho la noble señorita; y luego, con voz apenas audible:

—Por cierto que yo no la trataba coma esclava —agregó, cual si disipándose ya todas las nebulosidades de su memoria, se entregase al cúmulo de pensamientos que la asaltara, dominándola por completo.

Pocos días después de este suceso hallábase en su antigua casa la muchacha. Pero ¡qué cambiada! No era que estuviese menos hermosa, no; mas, la que ostentaba entonces era una hermosura campestre, una belleza rústica, muy tolerable allá, en lo verde, revuelta entre la tierra colorada del batey, destacándose más lejos, en medio de las interminables guardarrayas de la finca, o confundida y trastrocada entre las criollitas macheteras del corte de caña; pero acá, en la población, en la ciudad a la moda, necesitaba algunos afeites que le quitasen aquel sello montuno que la disfrazaba, presentándola tan desfavorablemente. Había que hacer radicales reformas ortológicas en el intelecto de la joven. Su lengua debía ensayar, ejercitándose hasta readquirir sus primeros movimientos y modular sonidos más en armonía con el círculo en que habían de escucharse.

Magdalena lo tomó como empresa. Dos meses más tarde Sofía no levantaba demasiado las piernas para caminar; no bajaba la cabeza, inclinándola de un lado, coma abochornada de que le dirigiesen la palabra; y como ya le había crecido un poco el cabello, hasta parecer que se la había cortado a la hombruna, y su cutis había dejado gran parte del empercudimiento campesino, llamaba un tanto la atención su interesante palmito, y a no ser por su acento, abozalado todavía, hubiérase dicho que se le había caído por entero la hirsuta vestidura que obtuviera en la dehesa. Pero Sofía, dedicada al exclusivo servicio de su señorita, después que arreglaba las habitaciones de aquélla, aprendía a coser con Filomena, y a leer con la propia Malenita, quien tenía sus teorías respecto de los sirvientes domésticos, y no creía que éstos pudieran ser buenos si eran ignorantes y abandonados de su persona.

Esto, desde luego, tenía mucho de origen cuáquero, bien que modificado en su cerebro genuinamente cubano. El antiguo puritano estimaba la servidumbre como un accidente individual, como una situación pasajera; y su criado, consecuentemente, había de tener un elevado nivel intelectual que le habilitase para ocupar un decente rango en la sociedad cuando lo permitiera su estado financiero. Pero, por una aberración de las costumbres, a por el hábito secular de las razas del norte, encerradas en sí mismas, y acaso también por un exquisitismo estético, tenido en cuenta su grado superior de civilización, y quizás por todas estas proposiciones reunidas, tenían los amigos de la hermandad neoanglicana una extremada aversión al cruzamiento de las razas humanas. Claro es, pues, que esta aversión había de crecer tratándose de individuos entre los cuales el contraste exterior es tan notable como el que ofrecen a la más simple vista el negro y el blanco. Imbuido, en fin, el cuáquero en sus severas doctrinas religiosas, no se considera con derecho para esclavizar al hombre porque éste sea negro a rojo, antes bien le conserva y le defiende su estado natural, libre —aunque por otras razones no le admite en el estrecho recogimiento de su comunión, sino que se sacrifica por tenerle apartado, a la mayor distancia posible.

Ahora bien, Magdalena era cubana de corazón, y no alimentaba el odio de raza. Y así estaba siempre Sofía vestida convenientemente con las ropas de su señorita, que le venían pintiparadas; y la acompañaba a las tiendas en los días de compras, y por las tardes, como una muestra de su confianza, le encomendaba Ana María el cuidado de Julita, para quien no había manejadora especial, por ser la niña mimada de todos; porque, a la verdad, Julita era una criatura graciosísima.

Cuando hablaba con Teodora en la plaza de recreo, ya hacía más de cuatro años que había retornado del ingenio Sofía, y por supuesto, había tomado todo el aspecto de una joven de humilde familia, educada «en el santo temor de Dios». Julita contaba como cinco años de edad, y estaba muy encariñada con la niñera que siempre la llevaba a paseo y le compraba dulces. Sofía, por su parte, amaba acendradamente al querubín de sus cuidados; pero ¿qué mucho, cuando Sofía no sabía odiar a nadie?

La costurera Filomena, que había tenido un tropiezo moral que resultó varón, había sido vendida a un agente esclavista y, según dijo Sofía en la plaza, la habían destinado a un ingenio ¿quién sabía dónde? Y como ya la mocetona de mi historia estaba muy adelantada en las labores de costura, y era asaz juiciosa, ocupó enseguida su puesto y se hizo más necesaria a la elegante Magdalena, la cual oía con gusto y verdadero orgullo de amo entendido, las frases que en las tiendas o en la calle alguien a media voz decía, referente a que «más que señora y esclava, parecían hermanas» las hermosas jóvenes.

Transcurría de esta suerte el tiempo, en aparente bonanza para Sofía; pero «estaba escrito» que la desdichada joven no había de gozar nunca de completa calma. Cosa la más lógica. ¿Puede acaso gozar de la tranquilidad el esclavo?

Los sufrimientos que ahora la asediaban eran distintos. Federico Unzúazu, aquel Fico mencionado por Sofía cuando hablaba de sus primeros años, había terminado sus estudios universitarios y dado una media vuelta de perfeccionamiento por Madrid y París; y su paseo por la corte metropolitana y por «la capital del mundo», habíale agregado a su título de abogado una enfermedad cerebral que le presentaba ahora con las más ridículas pretensiones, así como con la más altitorpe opinión de sus aptitudes intelectuales y de sus concepciones políticas, vinculado, y nada más, todo ello, en sus pocos meses de residencia en la corte. Y ahí estaba él.

«Vengo de Madrid» había dicho, con el énfasis imperturbable de la petulancia; pero nadie le hizo caso. «Porque yo he estado en Madrid», solía repetir como argumento poderoso, sin lograr otra cosa que haber vuelto de su viaje; y así quedó, bien que despechado y soberbio, y jurando vengarse de la poca estimación que había inspirado su infatuada pequeñez. No había abierto aún bufete, porque nada le apuraba a ella. Solo algunos meses le faltaban para recibir su herencia, y mientras tanto vivía con su familia y de su familia —que es condición característica de las presuntuosas medianías, la degradada existencia de los mendigos sociales—. Por último, airado había vuelto la espalda a sus libros de derecho, porque en ninguno de los que había consultado encontraba un capítulo, ni una simple escoliación siquiera que le enseñara el modo de amansar a Sofía, que más que un cangrejo, se mostraba y sostenía irreductible. Convencido del carácter exigente de sus hermanas, no se aventuraba el anónimo leguleyo a poner en práctica los groseros manejos que de continuo empleaban los jóvenes de familias ricas con las desvalidas muchachas esclavas. No se atrevía ni a traspasar los umbrales del cuarto en que trabajaba Sofía, casi siempre acompañada de Magdalena, que ora dirigía las labores, o bien, reclinada con tropical abandono en un ancho y mullido sofá, leía las últimas revistas misceláneas de París, de Londres o de Boston y otros centros literarios de los Estados Unidos de América. Porque las revistas constituían la lectura diaria de Magdalena. Teníalas —y no andaba errada— por las mejores publicaciones periódicas de la imprenta moderna: literatura sana, ilustrada en ramos diversos, ciencias, artes, de todo, y todo condensado, sustancioso, barato. Allí lo encontraba todo, escrito por las mejores plumas, pensado por las mejores inteligencias del mundo ilustrado, revestido con el estilo vivo, juguetón, pictórico, que a las más áridas cuestiones imprime esa atractiva y estimuladora fase del periodismo contemporáneo, que tantos beneficios ha reportado a las pueblos en que se ha domiciliado.

La desesperación de Federico tocaba a su colmo. En vano habían sido los ofrecimientos hechos a Sofía. La sierva no se deslumbraba, ni le ablandaban súplicas. Teníale por el contrario un miedo instintivo, al extremo de sentir muchas veces en sus espaldas el fuego de las intensas miradas del mancebo, a pesar de cuyo ardor le causaba frío. Y el abogadillo, más obstinado cuanto crecía más la repulsión de la joven decidió arrostrar por todo y obtener a cualquier trance el objeto deseado por sus perversos caprichos de elegante adinerado.

Devorado por la fiebre que le producía su contrariado deseo, Federico se dirigió al patio una tarde en que le acribillaba con crueldad el ahínco de vencer a la incorruptible muchacha. Aquel empeño constituía para el despechado mozo una cuestión de amor propio. Y estaba decidido a triunfar, y triunfaría a costa de todo.

Hallábanse las habitaciones de la servidumbre en una cuartería al fondo del traspatio, y entre aquéllas, junto a la de la anciana Maló, la antigua cocinera ya decrépita, que apenas podía tirar de su desgastada aunque mantecosa humanidad, y solo se empleaba en los burdos trabajos que pudiera hacer sentada y a su antojo; al lado de este cuarto, digo, tenía su dormitorio Sofía, y lo había engalanado con cierto coquetismo que podía considerarse como un lujo en un esclavo, por más que éste gozase de la vida que con su amable señorita gozaba Sofía. Atraído por el constante pensamiento que le dominaba, Federico se acercó a las habitaciones, fuelas inspeccionando todas, que eran hasta ocho, y aunque sin idea definida, se detuvo frente a la de Sofía, con tal fijeza observándola en sus interioridades, que, diríase, parecía un artista estudiando los detalles de su ambicionado modelo.

Y a la verdad; no era indigno de estudio el mezquino, pero aseado tabuco de la doncella. Había en él, arrimada a la pared de la izquierda una cómoda o armario viejo, de pesada caoba, sostenido por tres patas en forma de bola, y un ladrillo en dos pedazos como sustituto de la otra pata, una de las del frente, que habíala perdido en la batalla de los años que llevaba en continuo servicio. Allí guardaba Sofía sus ropas. En la pared derecha había una mesita de pino, pintada de imitación indefinida, y sobre la mesita un espejo-tocador, gaveteado, de caoba maciza y de anticuada manufactura; tres sillas de familias extrañas, pero que se llevaban muy fraternalmente, sin duda por la desvencijada igualdad de su estado, o quizás por el ineludible acatamiento que le imponía el aspecto de severa desgracia del venerable sillón de anchos y encorvados brazos que, en el centro casi, y cerca del armario, presidía con gravedad suprema aquel conjunto de móviles antigüedades, entre las cuales debía ofrecer un sorprendente contraste la candorosa belleza y la juventud espléndida de su actual poseedora.

Ninguna de aquellas habitaciones se cerraba nunca más que para dormir sus ocupantes; y en muchas ocasiones encontró Sofía a las demás criadas de la casa, embobadas a la puerta de su cuarto, mirando y remirando los cromitos que tenía encajados entre el vidrio y el marco de su espejo de variolosa Luna; los jugueticos de adorno, en caprichosas posiciones sobre la cómoda, en torno de una guarda brisa de cristal, de ignorada edad, aunque muenga, y los potecillos que contenían a habían contenido pomadas, polvos, aceites, etc., y los cuales, por haberlos repuesto con otros más fashionables, le había regalado su señorita; o bien contemplaban la iluminada estampa de Nuestra Señora de la Buena Nueva, que en un bonito cuadro dorado pendía de un clavo en la pared, a la cabecera de su catre, tendido éste y enrodado con blancura de armiño, allá en el fonda de su reducida estancia.

Vínole de pronto, a Federica un impulso de su demencia, y quiso entrar en aquel limpio santuario de una virgen pura; mas, otro sentimiento adverso, un cálculo maligno tal vez, le movió la idea, y volviendo a reasumir su caviloso paseo, se dirigió con desusada pausa a través del jardinito, bañado el rostro por una mefistofélica sonrisa, y entrando poco después en su cuarto, del cual no salió hasta que en la mesa le vio Sofía, al volver del paseo aquella tarde con la bulliciosa Julita.

Cuando, como se ha visto, salieron Ana María y su hermana Magdalena, tan lujosamente vestidas y prendidas, se dirigieron a La Tertulia, uno de los centros más concurridos por la buena sociedad cubana de Belmiranda.

Todo allí era criollo, no obstante que la pacificación material de la revolución armada había confundido por un momento en diplomático abrazo a los dos bandos contendores. A la época de feroz intransigencia de los tiempos de guerra, había sucedido la violentada tolerancia de los periodos reconstituyentes. El elemento gubernamental veía con mal contenido enojo el desenvolvimiento político que desde el instante mismo de la convenida paz había iniciado el elemento revolucionario; y claramente entendió que si bien, había cesado el estridor de una sangrienta guerra, comenzaba una lucha no menos terrible en cuanto el mismo elemento amenazaba apoderarse de la opinión popular por la persuasión y el convencimiento, emprendiendo en una campaña ilustrada que debía terminar con la constitución de un pueblo de inexarraigables principios.

En aquella sociedad se confundían con los honrados laborantes del separatismo, los esforzados paladines de la combatida causa; es decir, la teoría y la práctica, la cabeza y el brazo, en unidad de miras, paseándose con airoso continente por entre una inmensa juventud que con espantados ojos veía lo que no había soñado jamás, y oía lo que nunca había oído, y pensaba en lo que nunca había pensado: esto es, que los pueblos tenían también su mayoría de edad, que las metrópolis no eran indiscutibles, y que el insurrecto cubano era un hombre culto y aun elegante, no un monstruo sin cerebro; como le habían acostumbrado a imaginárselo las contrarias ideas que por espacio de diez años se habían enseñoreado de las ciudades. Los jóvenes ciudadanos estrechaban las manos de hombres cuyo rostro había curtido el Sol de las llanuras y la pólvora de los combates, y se disputaban con lealtad la honra de agasajarles. Las damas sentíanse orgullosas cuando les tocaba por caballero alguno de aquellos desarrollados varones que, durante los mejores años de su vida, habían sostenido el solemne pacto que con la muerte hicieran los primeros protestantes de la servidumbre política, por el obtenimiento de la libertad universal cubana.

El sexo femenino estaba, más que de ordinario, esplendorosamente representado en la fiesta de aquella noche, que fue memorable en los anales de La Tertulia, sobresaliendo por su raro buen gusto, la discreta Magdalena, que era la joven más ambicionada y temida de los corsarios del amor que tenían acceso a aquellos aristocráticos salones. Y no menos admirada fue la señora de Nudoso del Tronco, a quien envidiaban en su mayor parte las señoras, porque Ana María competía sin esfuerzo, no ya con las de su cofradía matrimonial sino con las propias señoritas, a quienes en más de un caso llevaba muchos grados de ventaja. Porque hay hermosuras hereditarias, familias en las cuales ha prodigado la naturaleza sus gracias más acabadas, sus dones más gallardos, sin alterar en ninguno de sus miembros el modelo originario de su física belleza distintiva.

Ambas hermanas habían llegado acompañadas del señor don Acebaldo Nudoso del Tronco, el esposo de Ana María, a quien habían encontrado al paso; pero el caballero no tardó en partirse, dirigiéndose al Casino, donde le esperaban sus compañeros, los intrigantes politicastros que en vano se ufanaban por manejar a su antojo y voluntad la popular corriente que empezaba a ejercitar su adormecido imperio. El tal don Acebaldo era uno de los más solicitados y expeditos inspiradores de la falsa integridad de aquellos días que — pese al ostentoso lujo de libertades que se desplegó en todas las esferas—, inauguraron la época decadente del espíritu cubano. Diríase que la extensión del sentimiento debilitó su consistencia.

Concluida la fiesta, como Federico no había aportado por allí en toda la noche, no habiendo vuelto a tiempo tampoco el señor Nudoso del Tronco —el cual aunque socio de aquel centro, éralo únicamente por exigencias de familia e intereses, y apenas se le veía por sus salones—, disponíase Ana María a mandar por él al cochero, cuando un respetable amigo de la familia, y médico de la casa además, el señor doctor Alvarado, les ofreció sus servicios y los de su acompañante, don Eladislao Gonzaga, un caballero que hacía pocos meses había vuelto del extranjero, a donde, compelido por las circunstancias de la guerra, había emigrado desde el año 69. El señor Gonzaga había sido ya presentado a la familia Nudoso-Unzúazu, y aun la había visitado varias veces; y la buena acogida que le habían dispensado todos le constituía de hecho en un nuevo amigo de la casa. Además, aquella noche le había tocado a Eladislao ser caballero de las elegantes hermanas, con quienes estuvo en constante y sabrosa plática que a más de un corazón ansioso de las mismas preferencias fue a llenar de celos.

El doctor Alvarado, pues, y el señor Gonzaga, fueron los que acompañaron hasta su morada a las jóvenes señoras, subsanando de este modo, siquiera aparentemente, la doble falta cometida por el marido de la una y el hermano de las dos.

IV

Muy resentidas por el abandono de que fueran objeto, retiráronse a sus aposentos las dos hermanas. En el de Ana María dormían, recostadas en un diván, María de Jesús y Sofía, que allí habían quedado paliqueando para estar cerca de Julita si por acaso despertaba. Llamólas la señora, e hizo que Sofía fuese al cuarto de Magdalena, que la esperaba para desnudarse.

La señora de Nudoso del Tronco estaba muy contrariada. Achacaba su malhumor a la ausencia de su hermano y al descuido de su esposo; pero no era ésta la primera vez que había tenido ella que embargar a su hermano, o agradecer a un amigo su compañía para volverse a casa. Y todo porque la unión conyugal no era recomendable en aquel matrimonio desigual en cuanto podía serlo.

Cuando María de Jesús le hubo echado una holgada bata de holán listada de preciosas tiras bordadas, despidióla su ama, y una vez que hubo salido aquélla se dejó caer ésta en el lecho, y cubriéndose la cara con las manos rompió a llorar cual si sufriera los más crueles martirios. Así estuvo largo rato, remojando con sus lágrimas la finísima batista de la almohada que ahogaba sus sollozos.

Mientras tanto, Sofía había desnudado a su señorita y retirándose también a su cuarto; pero como se enterase de la falta de Federico, aunque, a la verdad, Magdalena no le dio gran importancia a la ocurrencia —antes bien, a tiempo que se desligaba de sus ropas, hablando con su criada había recordado con cierta fruición las distinguidas maneras y la respetuosa galantería del señor Gonzaga—, la oficiosa muchacha había tomado a su cargo la ofensa que el desatento hermano hiciera a su señorita.

Llegó la esclava joven a su habitación, mascullando acres censuras contra Federico; encendió su lamparita de aceite, atrancó la puerta y se desnudó a su vez, poniéndose, antes de acostarse, cerca de la mesa, a la luz de la lamparita, en persecución de las pulgas que, ocultas ahora entre los pliegues de la camisa, habíanle mortificado más o menos impunemente durante el día.

Sin darse exacta cuenta de ello, pensó en el paseo de aquella tarde: «¡Cuánta impertinencia la de la china Teodora! ¡Mire usté que empeñarse en que asistiera Sofía el domingo a la "bunga" aquella en que se darían de codos las muchachas y los muchachos más licenciosos! ¡Vamos, hombre! No; nada de "cachitas" ni "frecuras" con ella. No, señorita, no. ¿Qué dirán los que la vieran, si la conocía alguno? Y aunque no la conocieran...».

Luego volvió sin esfuerzo a Federico: «¿Dónde habría estado toda aquella noche? Y ahora mismo ¿dónde estaba?... ¡Dios sabía dónde!... ¿No había dicho, al levantarse de la mesa, que tenía que salir y que iría por la sociedad para acompañar después de la reunión a sus hermanas?... ¿Y qué diligencia podía él tener?... ¡A otro perro con ese hueso!... ¡Quién sabe si habría hecho su conquista por el parque aquella tarde!

»¡Vamos hombre! ¡Pa la gente que iba allí... ¡Y no haberse ni siquiera llegado a la sociedad, cuando la fiesta que se celebraba decía que era tan importante!... ¡Y hacer que sus hermanas tuvieran que venir con gentes extrañas! Aunque dice la señorita que el señor de Gonzaga es un cumplido caballero... Dicen que era insurrecto... jefe... cabecilla... ¡qué sé yo!... (¡ay, que te fuiste!)... Y lo que más me extraña es que hayan hecho, buenas migas él y don Acebaldo... ¡digo!... el amo que es tan españolón! Bien es que ya todos se han dado "el abrazo fraternal", como burlonamente dice mi señorita...

»¡Qué buena es!... ¡Y qué elegante y qué lujosa iba!... ¡juum!... las blancas sí que son felices... pueden casarse... tienen sus esposos... tienen criados... son ricas... (¡ah pícara, te tranqué al fin!)... ellas se dan todos los gustos que les da la gana... mientras que nosotras... ¡jú-u-úm!... yo siempre seré la misma... pobre, miserable esclava... ¿quién me ha de dar a mí nada de eso?... ¡No faltaba más!... Cada uno con su cada uno... Por eso no le hago caso a Federico... Pa que la engañen a una en todo tiempo hay lu... ¡Santo Cielo!...».

Esta última exclamación la hizo Sofía en alta voz, aunque ahogada por el terror, pintándosele en el semblante la sorpresa, al ver en el espejo que tenía delante la reproducción de un rostro que reconoció enseguida. Aún dudando de lo que había visto, cubrióse alocadamente con la sayuela que poco hacía dejara deslizar a sus pies con solo aflojarla de la cintura; y corrió hasta arrinconarse entre la mesa del espejo, el catre y el ángulo derecho del fondo, para defenderse contra el intruso que la había sorprendido en situación tan crítica.

—¡Oh, salga usté! —dijo llena de miedo—. Salga usté o grito y se va a enterar todo el mundo...

—¡Bah! ¿Quién es todo el mundo? Malenita y Ana María están retiradas y durmiendo ya. Nudoso no ha venido todavía; en estos alrededores no hay más que los criados... y yo estoy decidido a terminar de una vez, Sofía. Óyeme con calma, te lo suplico. Será por última vez si así lo quieres; pero escúchame...

—¡Oh, Dios mío! Si le vieran a usté aquí... No, no; no puedo escucharle a usté... yo sé todo lo que usté me va a decir... Váyase, niño Fico, por su madre... váyase... ¡ay, virgen santa... si lo supiera la señorita!...

—¡Y bien, que lo sepa! Tal vez así tendrías tú más cordura y me atenderías como debes, contribuyendo a tu felicidad y a la mía... Escucha lo que tengo que decirte y no seas tonta;

y si no lo haces, bien, allá tú. No tendrás a quien quejarte de cuanto te suceda. De todos modos yo no he de salir de aquí hasta por la mañana; me verán todos los criados, lo sabrá Ana María, lo sabrán todos, y... ¿te acuerdas de Filomena?... Reflexiónalo bien...

¡El miserable!... Cuando aquel brutal salteador de muchachas indefensas pronunció el nombre de Filomena, sintióse Sofía presa de un temblor convulsivo, anonadante. ¡Filomena! Este nombre, y en tales circunstancias, era para ella toda una revelación fatídica, aterradora, una predicción horrible. Apenas había oído la joven más que el ritmo amedrentador del estudiado discurso de aquel abusador infame, que le hablaba de su deshonra, amenazándola embozadamente con el martirio más cruento. Porque la recordación de aquel nombre evocaba en su desconcertado espíritu los primeros tiempos de su azarosa existencia, los sufrimientos que experimentara en la finca-infierno a que la confinaran en su niñez durante seis agonizantes años. Recordó los dolorosos sufrimientos de los demás esclavos; vio materialmente a Filomena en un lugar desconocido, vestida la infeliz condenada con un saco de rusia por túnico, mortificándole los pies unos zapatos de vaqueta burda que solo le durarían tres meses, teniendo que andar otros tres descalza hasta que se repartiera el segundo y último par del año; y oyó el chasquido del latigazo que sobre las espaldas le daba el negro contramayoral, porque no cargaba tan aprisa como él lo deseaba el pesado haz de caña; y vio la mísera ración de harina de maíz gruesa, el pellejo de tasajo de Montevideo y los duros trozos de plátanos verdes, todo mal salcochado, que le daban por único alimento; y vio al hijito de la infortunada Filomena, sin camisa, con un pantaloncito de esquifación amarrado a la cintura con un pedazo de majagua, y ennegrecida su tierna piel por la crudeza del Sol, él, que era casi blanco, hermoso, y alegre como todos los niños saludables; y viole que corría a todo el correr de sus pequeñas piernecitas, para evitar el cuerazo que desde el caballo en que montaba le tiraba el boyero, enfurecido porque un buey de los que el niño cuidaba había abierto un portillo y entrándose en el pasto reservado... Todo hirió los sentidos de Sofía cual si estuviera en un panorama de figuras de cera en movimiento: Aquel tableau vivant se le presentó espontáneo y perfecto a la imaginación, de tal suerte, que se frotó los ojos con las manos como para quitarse la visión que tanto daño le hacía.

Federico quiso aprovechar aquellos instantes que estimó de dudas por parte de la muchacha, y tomándola de una mano la condujo hasta el frente del catre que estaba abierto, y debajo del cual se había él ocultado desde que se levantara de la mesa; e hizo sentarse a la joven en el borde de la cama, sobre la barra, y él tomó una silla, colocándose a su lado y rodeándola por la cadera con el brazo izquierdo: Sofía no había hecho resistencia hasta entonces. Había obedecido maquinalmente. Pero al sentir el contacto de aquel brazo en su cuerpo casi desnudo, dio un salto, salto inesperado por el indigno mancebo, y fue a caer de pie en medio del cuarto, interponiendo entre ella y el libertino el viejo sillón de rojo cordobán y clavadura amarilla que en la estancia había.

A este acto sucedió un instante de silencio tan profundo, que solo se oía un rumor como de leve y acompasada marejada, producido por los ronquidos de la anciana Maló, que octavianamente dormía en la habitación contigua.

Federico pensó que había que acabar de una vez. Seguro de no ser oído por nadie de fuera, tomó cómoda posición en la atropellada silla, cruzó sobre una pierna la otra, recostóse del codo izquierdo sobre el larguero del catre, y dijo con voz a la cual procuró dar en cierto modo solemne entonación de verdad:

—Está bien, Sofía. Si te empeñas, así ha de ser; pero piensa en que he venido con la mejor intención del mundo. No era posible que pensase en ti como en cualquiera de esas muchachas de por ahí; no, no era posible, cuando veo que tú no has nacido para ser esclava. Tu natural delicadeza, tu condición moral, tu color, todo se opone a tu triste posición social. Tú estás destinada a ser la esposa de un hombre capaz de labrar tu felicidad. ¿Podría yo hacer esto aquí? No. Pero, deseándolo como lo deseo, mi pasión por ti, mi cariño inquebrantable me había sugerido la idea de pagar por trasmano tu libertad, llevarte a los Estados Unidos y casarme allí contigo. ¿Quién había entonces de ponernos trabas? Tú eres tan blanca como cualquiera señorita. Allí no serías la esclava, serías la señora. Tendrías tu casa, tus criados, y un marido santísimos que te colmaría de caricias, que viviría por satisfacer tus menores caprichos. Habrías desaparecido, por algún tiempo al menos, de la sociedad cubana; pero en cambio vivirías en el mundo de la libertad, que es un mundo más extenso que el de la esclavitud en que por una obsesión de la humanidad perversa estás sufriendo... pero tú te encastillas en tus desconfianzas, me rechazas, me tratas como a un desalmado, y esto..., a la verdad, me ofende mucho, Sofía.

Y luego, levantándose con marcada pesantez, que parecía demostrar el dolor que le causaba esta última determinación, dijo:

—Me marcho, no deseo provocar tu odio; tu aborrecimiento sería para mí un martirio insoportable... pero confío en que lo pensarás esta noche, y mañana...

Al decir esto, acompañando a la palabra la acción, y encontrándose ya desatrancando la puerta:

—No, no —dijo con precipitación la joven—. ¿No ha oído usté ruido en el zaguán? ¡Dios mío! Debe ser el amo que llega... ¿Qué va a ser de mí, madre santa? ¡Ampárame, señora!

Y se dejó caer de rodillas, juntando sobre el pecho las manos, suelta por los hombros y la espalda la sedosa cabellera, y empinando al cielo una invocadora mirada, exponente fiel de la ansiedad que avasallaba su espíritu.

Federico se detuvo, fijose en la joven, dominóle por entero la fiebre del deseo que le calcinaba, y abandonando la puerta se le acercó; y mirándola con la más apasionada dulcedumbre le tomó una mano que la muchacha no procuró retirar, antes bien, bajó la vista como si le abrasase las pupilas la persistente mirada de aquel sátiro ponzoñoso. A pulso levantóla éste del suelo, donde quedó caída la sayuela con que precipitadamente había cubierto los desnudos hombros y el pecho, cuyo seno palpitaba agitado con violencia por la embrutecedora sorpresa de que había sido víctima. Ahora, el camisón de grano de oro que de su desecho le regalara Magdalena, detallaba las esculturales formas de su cuerpo virgen, permitiendo adivinar la tersura de aquellas contorneadas carnes de inmaculada vestal. Manejola hacia sí Federico, y en lúbrico acceso estrechóla entre sus brazos con nerviosa presión; y la joven no pudo ni supo hacer otra cosa que abandonar el cuerpo y reclinar la cabeza en aquel pecho fementido, y llorar silenciosamente, llorar un mar de lágrimas que no había de ser bastante para lavar la impura mancha de su inevitable deshonra.

También Ana María había llorado aquella noche. ¿Por qué? Ella misma no lo sabía. Pero Sofía lloraba por el brusco asalto de que había sido objeto; por la vergüenza de haber sido sorprendida desnuda por un hombre, el primero que así la contemplaba, y el que tanto la asediara con sus apetitos lascivos; y lloraba también al imaginar que todo aquello se supiera al fin, convencida de que sobre ella caería toda la culpa, siendo así que no tenía ninguna. Y en aquel sentido lloró ensimismada con mil pensamientos distintos, contrarios todos y enemigos de su felicidad, no se cuidó de los actos de Federico, quien, en la abstracción de la joven, habíala acercado hasta la abandonada butaca, y dejándose caer en ella hizo que sobre sus rodillas, recostada sobre su pecho, quedárase abismada la infeliz Sofía...

El ruido que al acercarse Federico a la puerta había oído Sofía, era en efecto producido por el señor Nudoso del Tronco que entraba. Había dado ya la una. El trasnochador politicastro se dirigió al aposento de su esposa, acercóse al lecho y viola inmóvil, cubierta con un brazo la cara. Creyóla dormida, y bajando la luz del gas, que había quedado a toda llave, se alejó en puntillas, retirándose a su cuarto que estaba a la otra banda, junto a su salón-escritorio, el cual daba un frente al zaguán y otro igual con salida al comedor.

Al salir don Acebaldo del cuarto de su esposa, dio ésta una vuelta en la cama, quedó de frente a la pared, y no tardó en dormirse. Desde que llegó de la sociedad había estado despierta y llorando. ¿Qué motivaba su insomnio? ¿Por qué había llorado? ¿Por qué se había hecho la desentendida cuando su esposo, a quien sin duda sintió cerca de su cama? Acaso porque estaba enojada con él por su distracción aquella noche. Pero, ¿por qué no había llorado tantas otras noches que su marido había hecho lo mismo? Tampoco lo sabía la señora. ¡Cuántos actos ejecuta el individuo sin verdadera conciencia de lo que hace! ¡Cuántas veces, sin darnos exacta cuenta de nada, cometemos una acción cuya causa nos la vienen a delatar nuevos actos, si no desconocidos efectos, mucho tiempo después! ¡Y cuántas veces, además, por no fijarnos, quedan ignoradas en el olvido un número no escaso de nuestras propias acciones!

Al revés de su esposa, el señor Nudoso del Tronco no pudo aquella madrugada conciliar el sueño. Pasó revista a todos sus actos del día, a los complejos debates del Casino, y cayó luego de lleno en sus asuntos de familia.

—Federico las habrá acompañado —dijo, pensando en las dos hermanas y en la fiesta de La Tertulia—. Bien me conocen todos, y saben que me gustan poco las reuniones de esos renegados botarates... Y lo peor de todo es que estoy cercado de ellos hasta en mi propia casa... ¡Ah, si de mí dependiera! Y ya no debe faltarle mucho al chiquillo para recibir su herencia... ¿Mucho?... ¡Pues vaya que estoy lucido!... ¿A ver? Agosto, septiembre, octubre... Si apenas le faltan cuatro meses para cumplir los veinticinco años a ese mostrenco!... ¡Y pensar que un tipo semejante haya de manejar toda una fortuna! ¡Veinte mil duros!...

Y aquí empezó el señor Nudoso del Tronco en una nueva serie de cavilaciones y protestas, y sacaba la cuenta del tiempo que le faltaba a Magdalena... «si no se le ocurría casarse antes con cualquier quídam»; y al fin venía don Acebaldo a pensar en los 10.000 pesos redituarios que en su poder tenía sin que nadie se los reclamara y sin saber quién se los reclamaría. Esta era su constante pesadilla cuando dormía, porque había sido su último pensamiento de la noche, como era el primero que le asaltaba al levantarse por la mañana. Y lo peor de todo para él era el desconocimiento de aquel enemigo que paso a paso, sin vacilar, sin nada que pudiese contenerle un segundo de tiempo siquiera, avanzaba, avanzaba contra él, arrollándolo todo hasta el momento en que se apropiaría de aquel legado que en su imaginación absorbente representaba una cuantiosa fortuna que le arrebataría el destino. Y ya estaba cerca. Parecía que todos se avisaban. ¡Cuánto había pensado a este respecto en los últimos años! ¿Quién era el donatario? ¡Ah, si él lo supiera! De fijo no le faltaría el medio de inutilizarle... ¿Estaría quizás en España el interesado? ¿Sería tal vez algún pariente del testador, favorecido con preferencia de seguridad? ¿O sería ¡quién sabe! algún hijo bastardo del difunto, y estaba en Cuba, en la misma ciudad?... Pero ¿por qué no se presentaba?

¿Era que, por ventura, lo ignoraba?... Acaso le veía todos los días, sin saber que ése había de ser su desposeedor... Porque el señor Nudoso del Tronco se había acostumbrado a ver aquella donación como una cantidad componente del principal de su legítima fortuna. Y a veces, pensando en esto con semejante insistencia, decíase que «de seguro debía ser algún hijo bastardo»; y hasta pensó una vez en la mulatica Sofía, que «tan mimada se había criado en la casa mientras vivió su amo». ¿Sería, por acaso, hija del difunto señor Unzúazu? ¡Tal vez para ella era la manda de los 10.000 pesos redituarios!...

—¡Bah, qué ha de ser! —había dicho luego—. Algo habría que lo denunciara...

Y no había nada, nada que acreditase a Sofía como el legatario que tanto le preocupaba. Mas, otra vez se le ocurrió pensar en que tampoco había nada, absolutamente nada que indicara siquiera lo contrario. Entonces se había echado a registrar todos los rincones de la casa, y revisó escrupulosamente cuantos papeles encontró, y los encontró todos. Pero en ninguno de ellos había nada que con Sofía se relacionase. ¿Cómo? ¿Ni siquiera el asiento, la constancia de su propiedad, mejor dicho, de su esclavitud, como constaba la de los demás sirvientes? En alguna parte debía encontrarse esto. Pues, a buscarlo. Y se dirigió a los archivos de la Junta de Libertos, recién creada; y vio y habló indirectamente a varios antiguos síndicos amigos suyos, con el fin de ilustrarse en sus pesquisas; pero todo había sido inútil. En ninguna parte encontró un documento constante de la esclavitud de

Sofía. Esto era peligroso y más ahora que por mucho menos, por cualquier incidente se declaraba libre a los esclavos. Y llevado al colmo de su inofensiva exasperación:

—¡Ésa —dijo— ésa es la brillante situación que nos han creado esos desnaturalizados insurgentes, esos maldecidos revoltosos, esos descastados propagadores de la luz! ¡Incendiarios!... ¡Fascinerosos!... Como ellos no tienen nada que perder... Vamos a ver... ¿qué es lo que tienen ellos? ¿Qué tienen? Hambre, orgullo, sangre de perro... ¡Canallas!... ¡Holgazanes!

Una vez que había desfogado en las soledades de su escritorio la cólera que le producía solo su figuración de una inminente pérdida, pensó que en alguna iglesia a lo menos encontraría la fe de bautismo de la muchacha, y chorreó un poco de oro, registró nuevos archivos... ¡y nada!... Ocurriósele ver los empadronamientos generales; pero esto lo hizo lleno de desconfianza, sabiendo como sabía que en toda la isla no había un estado próximamente completo. Nada, nada, ni él mismo con ser una persona importante —al fisco siquiera— ni él mismo, digo, estaba inscripto en alguno de aquellos libros del balance humano. Luego Sofía era libre, o podía serlo con solo que se presentase a pedirlo... «¡Ojalá que así lo hiciera!» Ganas le daban al propio joven para que se fuese de la casa y se extraviara por cualquiera parte y así quizás se desviase la reclamación. Porque el atormentado usurpador se convencía cada vez más de que era Sofía la desconocida heredera. Y en la pendiente ya de las suposiciones, figurábasele que la muchacha se parecía demasiado a los tres hermanos, sobre todo a Magdalena, quien, «acaso por intuición le tenía un extremado cariño a la mulata»; y pensó también, dándole un fundamento lógico, en la aversión instintiva que tuvo él siempre a «la maldita muchacha».

Impulsado por su desapoderada ambición había querido el ingénito falsario deshacer un error de su imaginación ofuscada, y había creado un piélago de dudas y confusiones en que se sumergía sin esperanza de posible rescate. Y ahora, no solo asaetábale el deseo de hallar algo, cualquier cosa que certificase la condición de Sofía, sino el hecho de que por ningún lugar encontraba tampoco documento alguno que estableciera su origen. ¡Maldición!... Por lo mismo que detestaba de todas veras a la muchacha, imponíasele ésta como un recuerdo constante, como indescifrable enigma de solución imprescindible. Y enseguida le vino a cuento la anciana isleña que a todo riesgo había defendido siempre a Sofía. «Aquella vieja ¡pícara bruja!... Ella debía saber lo que tanto deseaba él sin conseguirlo.» Pero hacía ya tanto tiempo que no sabía de «la condenada vieja», que no era muy aventurado suponer que el diablo hubiese cargado con ella. ¿Cómo estando en este mundo, habría guardado tan sepulcral silencio, ella que no perdía jamás la oportunidad de «charlar hasta por los codos», sin concierto ni término prudente? No, doña Brígida no debía existir. En cualquier momento desocupado... al instante investigaría respecto de la anciana. Si existía aquella «endemoniada pécora», él no descansaría hasta encontrarla, y una vez que diera con ella procuraría saber algo fijamente. ¿Algo? No; lo sabría todo. ¡Vaya si lo sabría!... Y vuelta a los archivos necrológicos, esta vez, para saber si había muerto la anciana. Pero esta inquisición no le dio mejor resultado que las anteriores. La vieja no había muerto, o por lo menos no constaba en los archivos defunctorios de la ciudad, y... ¡tampoco estaba la venenosa arpía, «la maldita bruja isleña», en los últimos empadronamientos verificados!... Todo era incertidumbre, dudas terribles que le aniquilaban llenándole de inevitables temores. Al fin de tantas cavilaciones, de tantos denuestos, de maldiciones contra Sofía, contra doña Brígida, contra todos los que en cualquier modo amenazaran con la merma de su tesoro, habíase aplacado en parte el ánimo del señor Nudoso del Tronco; y decidió esperar, pero arma al brazo, en continua vigilancia de cualquier acontecimiento que viniera a darle alguna luz en el tenebroso laberinto que le aturdía. Propúsose desconfiar de todos y observarlo todo, para saber algo tendente a lo que constituía su proyecto vital: la absorción de aquel extraño legado.

Y Federico tenía ya encima sus veinticinco años. Ya le había hecho algunas insinuaciones respecto de su herencia; de la cual parecía dispuesto a entrar en posesión tan pronto como sonara la hora del recibimiento. Y don Acebaldo sudaba sangre y bilis cada vez que pensaba en todo esto —y pensaba a menudo; mejor dicho, no cesaba de pensar en ella.

—Federico —decíase—, es un necio que corre hacia su perdición a marcha acelerada. Habla de política, de administración, de todo; y se le conoce por encima de la ropa el deseo de figurar. Todos estos criollos son cortados por el mismo patrón y con idéntica tijera. Al mejor de ellos... ¡Chiquillo de porra!... ¡Si al menos fuera conservador! Pero ¡qué ha de ser ése nada de provecho!... Como todo tarambana ha ido a entrometerse con los hojalateros, con los libertoldos; y ese tema —¡Dios lo remedie!— va a traerle muchos males... y también a toda la familia...

Esto era lo de siempre. Y se encentraba en sus disquisiciones políticas, las cuales resolvía indefectiblemente de alguna manera favorable a sus particulares intereses.

De mucha semejanza a lo transcrito fue la noche aquella para el señor Nudoso del Tronco. Levantóse a la mañana siguiente muy ojeroso por no haber dormido en toda la madrugada, desde que se acostó, ejercitando en cambio demasiado su no muy ancho cerebro en las más extenuadoras imaginaciones. Pero nadie notó su desmedrado aspecto, porque cuando, después de leer El Véspero Belmirandense —anodino diario de la conservaduría de Belmiranda—, salió para sus oficinas el caballero, eran las siete de la mañana, y a tal hora, por supuesto únicamente los criados se hallaban en pie.

V

Ana María Unzúazu de Nudoso del Tronco no tenía mal corazón; pero era asaz indolente en la administración del hogar doméstico. No maltrataba a sus esclavos, es cierto; pero no le preocupaba gran cosa el castigo que los demás les diesen. Veces hubo en que derramó algunas lágrimas a causa de cualquier desaguisado que por la irascibilidad de su esposo, sufriera alguno de sus sirvientes; mas, no tardaba en olvidarse de todo, entregándose luego a las fiestas y las modisturas que la atraían irresistiblemente.

Y acaso necesitaba la joven señora el aturdimiento de los saraos para divertir su ánimo contrariado en las relaciones conyugales.

Habíase casado por complacer a su padre, y nada más. Sin una reflexión había accedido a los deseos del valetudinario anciano, quien desde que los tuvo, respiraba solo por la felicidad de sus hijos. Pero Ana María no amaba a su esposo, ni había pensado en que podía llegar a hastiarle —con hastío muy rayano al aborrecimiento— siéndole como le era por completo indiferente al casarse.

Don Acebaldo era un hombre de unos treintiocho años cuando Ana María contaba no más que diecisiete. Sobrino de un antiguo piloto de un barco negrero que al mando del veterano capitán Unzúazu había pirateado en las costas de Guinea, captóse el buen afecto del viejo lobo marino, porque con éxito encomiable había manejado los negocios de la casa comercial, refaccionista especialmente, que al retirarse del tráfico estableciera el ya achacoso capitán. Don Sebastián Unzúazu, rudo cuanto intrépido navegante, hacía cosa de treinta años que había trocado la rutina y la monotonía marinante del Nervión y las costas cantábricas por la más activa y productora empresa de las piraterías del Atlántico, saqueando al África y abasteciendo los mercados coloniales, logrando en unos doce o catorce años transportar quince o veinte barcadas de «fardos de carbón animado», haciendo ricos a muchos contrabandistas de bufete, y redondeando él a su vez una brillante fortuna. Entonces pensó en crearse una familia, ya que sus padres habían muerto antes de salir él de Bilbao, donde únicamente le quedaba una hermana que también murió más tarde, encomendándole el porvenir de un chicuelo que con la triste noticia se le apareció en un barco de la Península. El señor Unzúazu contrajo matrimonio con una joven isleña que había hecho algunos servicios, y la cual le pareció bastante honrada para llevar su nombre y gozar de sus caudales; y doña Quillita, como llamaban a la señora doña María Magdalena Contreras, en cinco años coronó con tres hijos su feliz matrimonio. Feliz, sí, que el único disgusto que de vez en cuando le daba a su marido la señora, era el de llenarle los cuartos de la servidumbre, de paisanos de ella, de ambos sexos, que a menudo llegaban de los siete montones, fiados candorosamente a la casualidad. Y protestaba de esto el retirado forbante, no porque fuera tacaño, puesto que en ningún caso desmentía la fama que tienen, y muy justa, de generosos y aun derrochadores los tercos vascongados; pero acontecía luego, que se encontraba el señor Unzúazu con la carga de proporcionar ocupación a todas aquellas gentes a quienes no tenía corazón para lanzarlas a la calle en prosecución de la ventura a que vinieran. Y también alguna vez tocóle a la buena doña Quillita denunciar sus propios humanitarios sentimientos, que le habían acarreado en más de un caso borrascosos conflictos, por interponerse entre ella y su marido alguna de sus jóvenes compatriotas, a cuyo agraciado rostro no se mostraba indiferente su adorado consorte. Pero no tardaba en pasar todo, y otro barco venía, y rara vez dejaba de traer alguna consignación para la firma conyugal.

Cuando falleció la señora de Unzúazu, habíale recomendado a éste mirase siempre por sus desvalidos compatriotas recién llegados, y especialmente por la honrada señora doña Brígida, mujer de edad mucho mayor que la de la moribunda, y de la cual había sido vecina la señora, en Orotava, su país natal. Pequeños quedaban sus hijos, y a doña Brígida encomendó don Sebastián el cuidado de su casa, cumpliendo así la última voluntad de su bien llorada esposa.

Pero al mismo tiempo que doña Brígida amaneció en la casa una niña como de cuatro años de edad, lo mismo en corta diferencia que Malenita, la más pequeña de los tres hermanos. Unos creyeron que era tal vez hija, nieta, allegada, en fin de aquella señora; pero ella dijo que no, que la habían traído del campo, que don Sebastián le había recomendado su cuidado «como si fuese su hija», y que ella desde luego la adoptaba por tal, y, en conclusión, que no sabía más ni quería, respecto de aquella niña; y como por su parte a los demás sirvientes no les importaba poco ni mucho conocer más detalles, pronto se olvidaron todos de este incidente, y la chica fue creciendo al lado de los otros niños.

Y cuando, más tarde, sentíase desfallecer el antiguo capitán negrero, queriendo dejar establecida a su hija mayor para que hubiera siempre un jefe autorizado en la familia, diola en matrimonio a su laborioso dependiente Acebaldo —quien desde entonces hízose llamar don Acebaldo y al morir después el anciano, confióle el cumplimiento de su testamentería, la cual, como buen vizcaíno dictóla de su propio caletre y escribióla de su propia mano, convencido de que si no llenaba inútiles formalidades, estereotipaba en cambio la fuerza de su voluntad inquebrantable.

Dividíase el capital —de 60.000 pesos en oro de probada ley, fuera de las fincas y otras propiedades—, en partes iguales entre sus tres hijas, concentrándose en los sobrevivientes si por acaso durante su minoridad muriese alguno. Mas, había separadas dos mandas; una de 8.000 pesos y otra de 10.000, redituables a interés legal hasta la presentación de los beneficiados, cuyos ingeniosos documentos eran solo dos mitades rasgadas de dos pagarés, sellados con el sello que en sus documentos usaba el señor Unzúazu, y del cual constaba una pauta perfecta en el pliego de su postrera voluntad. Lacradas y selladas en aquel escrito estaban las correspondientes mitades con que había de confrontarse las otras dos que presentarían los donatarios. En recompensa de sus oficios, don Acebaldo —que desde que murió su suegro había operado una nueva declinación, haciendo más enfático su vocativo nominal, y gustábale por tanto, que le llamaran ahora señor-Nudoso-del-Tronco, todo en una pieza—, sería el administrador y usufructuario de todos los bienes de los herederos en comunidad, hasta que a su tiempo les entregase a cada cual su herencia.

Presentado el favorecido con la donación de los 8.000 pesos, quien resultó ser el sobrino del difunto, vio el señor Nudoso del Tronco la urdimbre de los pagarés aquellos. Eran en su forma como otro documento cualquiera de su especie; solo que al rasgarlo se había cuidado de hacerlo por el centro del sello, y que, exceptuando la letra inicial del nombre de pila, quedase entero el del tenedor —además de la cantidad en letras— en la mitad que en su poder guardaba aquél; y así solo sabía el testamentario la cantidad de que era responsable; pero ignoraba a quién abonaría y el concepto por qué había de hacerlo. Ni tenía por su parte irresponsabilidad alguna para el caso en que por un contratiempo cualquiera desapareciese el capital que a las donaciones respondía, ni había fecha limitada para la caducidad de aquella entrega. Peligroso, pues, era el originalísimo depósito que se le había impuesto al señor Nudoso del Tronco. Y bien penetrado de ello estaba el caballero; por eso no lo abandonaba jamás en sus imaginaciones. Consolábale, sin embargo, el que los negocios le habían marchado y continuaban perfectamente lucrativos, y había logrado ya triplicar casi el capital, prestando dinero sobre zafras venideras a los hacendados, transacciones que le habían valido la adjudicación de un importante ingenio de azúcar —y durante la guerra revolucionaria había demostrado su inquebrantable celo patriótico, abasteciendo a las tropas nacionales, cobrando escasamente el 500 % de sus cuasi nominales prestaciones y negociando además créditos municipales, del gobierno, del ejército, de todo—, latifundios que en verdad le proporcionaron pingües ganancias con las cuales había llegado a montar su casa en el más elevado pie, sosteniéndola con el fausto que suponía como ineludible exigencia de sus desmedidas ambiciones. Su asombrosa actividad le había creado una fortuna propia, saneada, mayor de 50.000 pesos, amén de la importancia que le daba el giro de más de una centena de millares de duros.

Ahora bien; el señor Nudoso del Tronco, que tanto talento había desplegado para fomentar su riqueza, no lo había tenido para conquistarse el cariño de su bella esposa. Por el contrario; la tirantez era cada vez mayor entre la mujer y el marido. A la cordialidad de los comienzos había sustituido un ceremonioso entendimiento de helada frialdad tal que no llegaba a modificarse gran cosa ni siquiera ante extraños testigos. De ahí provenía el que la encantadora Julita fuese el único fruto de aquel desacertado matrimonio. Y aun esto mismo vino a separarlos más; porque, teniendo en la niña la esposa un verdadero objeto de amor, concluyó por mirar hasta con aburrimiento al esposo que no había podido acertar nunca a colocarse en el sitio que permanecía desierto en el corazón de Ana María. Y concluyeron por tener, sin expresado acuerdo, sus amigos y sus sociedades, por su parte cada cual, y aun viviendo bajo el mismo techo hablábanse las más veces por medio de esquelitas que llevaban sus criados preferidos. ¡Y cuánto frío se siente en el hogar de la familia divorciada!... Por eso Ana María se había entregado a las fiestas de las sociedades cubanas, sus afines, mientras el señor Nudoso del Tronco, para no asfixiarse, íbase a aspirar la atmósfera de los conciliábulos del Casino. El resto del tiempo lo dividía el caballero entre sus negocios y las zozobras de su ambición insaciable; la señora, entre sus costureras y su idolatrada hija, la cual iba creciendo abandonada de su padre, de quien se olvidaba cuanto era posible a sus tiernos años. Y el padre, a su vez embargado, entre otra cosa, por el despecho que le producía el manifiesto desamor de su esposa, llegó a veces a pensar en todo menos en la heredera de su nombre.

A la mesa de la comida —que el almuerzo era asaz desordenado en aquella casa, pidiendo cada individuo el suyo cuando mejor le parecía, y haciéndoselo servir donde más le venía en ganas—, a la mesa de la comida, digo, ocupaba don Acebaldo su puesto a una cabecera, hablaba lo menos que podía, levantábase en cuanto tragaba el último bocado, e iba a sentarse a fumar su tabaco entre uno y otro sorbo de café, en el sillón de su bufete del salón-escritorio, donde se lo hacía servir por la negrita María de Jesús. Este acto de sibaritismo de muy cubana cepa, como otros muchos hábitos de gran señor, imitábalo perfectamente el señor Nudoso del Tronco.

Y cuando abandonaba la mesa aquel hombre tan seriote y graviprofundo, sentíanse aliviados todos los comensales, y hasta los criados que los servían; y entraba la animación general. Federico llevaba la palabra; proponía una visita, la asistencia a una reunión, daba noticia de las que estaban próximas, y se levantaban de la mesa los tres hermanos, regularmente, comprometidos para concurrir a alguna fiesta.

Habían transcurrido algunas semanas desde aquella noche de total desconcierto en la casa de la familia. Refiérome a la noche aquella en que lloró inconsciente Ana María, gozó Magdalena con agradables figuraciones, rindióse apesarada la honestidad de Sofía, y padeció indecible tortura mental el señor Nudoso del Tronco. Ahora, al retirarse de la mesa, dijo Magdalena a Sofía que viniera a su cuarto para que la ayudase en el tocador para la recepción de amigos de confianza que celebraban aquella noche.

Reuniones eran aquellas en las cuales era bien recibida toda persona presentada por cualquiera de los concurrentes, inscribiéndose desde luego entre los buenos amigos de la familia; y era de notarse que desde que a las amigables recepciones concurría el señor Gonzaga, tomaba mayor empeño Magdalena en presentarse con la más exquisita corrección. Federico, por el contrario, buscaba siempre un pretexto para eludir el trato del caballero. Y ¡cosa extraña! el señor Nudoso del Tronco le buscaba siempre y le escuchaba atento, a pesar de cuanto le mortificaban las avanzadas ideas del nuevo amigo de la casa. Agradábale la llaneza del joven caballero, y decíase:

—Es un renegado filibustero, un separatista impenitente, ya lo sé; pero es franco, instruido y respetuoso: es un hombre de principios.

A veces solía pensar en el compromiso que podía traer a sus negocios la cercana amistad de Eladislao; pero ya éste había tomado posesión del ofrecido afecto, tratábalos a todos con esmero, habíase ganado las simpatías de todos y... vamos, que ya era tarde. Todo lo más que hacía don Acebaldo era proponerse demostrar cierta frialdad al joven visitante, y aun lo puso en planta alguna vez; mas se vio compelido a desistir, por el imperio que ejercía en su ánimo la presencia de Gonzaga.

Por supuesto que el señor Nudoso del Tronco no se daba cuenta de aquel inmeditado ascendiente. Achacábalo él a la expresión dulce, simpática, que caracterizaba todos los actos de Eladislao; pues si otra cosa se le alcanzara habríase rebelado contra todo para demostrar que a él nada ni nadie se le imponía —que en la altiva condición de la naturaleza humana, ninguno quiere someterse, todos quieren dominar.

Eladislao Gonzaga era, en efecto, un hombre honrado. Había sido rico, pero ahora no tenía más que la esperanza de que su esposa recuperase los bienes que el gobierno había confiscado a sus padres. Porque el señor Gonzaga, que al estallar la insurrección de Yara se encontraba huérfano y sin más compañía que la herencia de unos 35.000 pesos que le dejara un pariente suyo al morir, tuvo que abandonar sus estudios universitarios y huir al extranjero, donde hasta el último peso había gastado en auxiliar expediciones que las más veces prematuramente fracasaban en tierra. Con la pérdida de su fortuna aumentábase su ardor patriótico, y cuando ya no tenía dinero para alistar embarques, alistóse él en uno de los postreros que enviara la incansable emigración cubana; pero tuvieron que arribar allá por la América del Sur; desbandándose el cuerpo expedicionario, y tras sufrir mil trabajos, pudo al fin embarcarse en el puerto de Colón —el risible Aspinwal de los norteamericanos—, en el estado de Panamá, República de Colombia, y una vez reunido entre algunos patriotas residentes en Kingston, Jamaica, su pasaje hasta Nueva York, avistóse en la gran metrópoli con algunos de los principales personajes de aquella Junta Revolucionaria que tan buenos dineros malgastó en vanos alardes y desacertadas preferencias; y convencido al fin del inminente derrumbamiento de toda aquella aparatosa ostentación de ensoberbecidos colonos, mientras de frío y de hambre perecían las honorables familias de los patriotas probados, decidió asentar su domicilio y ganarse la subsistencia trabajando en cualquiera empleo que le procurase alguno de sus pocos amigos. Allí alquiló un cuartico en casa de una familia cubana, y al cabo de algún tiempo encontró colocación en una tienda de ropa hecha, para el despacho de los concurrentes que hablasen el idioma castellano.

De sus 8 pesos de sueldo semanales iba tirando con la escasez consiguiente el mozo, hasta que se le ocurrió meterse en mayores aprietos. La señora de la casa, viuda de un caballero que había sido muy acaudalado, pero que por las cuestiones revolucionarias también, como otros varios centenares de cubanos, había quedado por puertas, muriendo además en el campo de la guerra —la viuda, digo, tenía dos hijas, casada una de ellas con un joven comerciante norteamericano que en el primer piso de la casa vivía; y de la otra enamoróse Eladislao con la razón del «porque sí», que es la razón más esencial de todos los que se enamoran—. Ya hablaba tolerable inglés el joven, había aceptado otra colocación más ventajosa en las oficinas del cuñado de su novia, y cuando se vio ganando 25 duros a la semana, conceptuóse fuerte para soportar las cargas matrimoniales, y dividió sus necesidades con la adorable América, quien a su vez imaginábase en el summum bonum de sus modestas aspiraciones. Cierto también que contribuía a esto el que la joven América conocía el sabor del hambre, por haberse alimentado con ella en diferentes ocasiones durante la expatriación de su familia, cuando después de la muerte de su padre viéronse olvidadas de los activos patriotas del laborantismo; y cierto además que no se habían desdeñado ella ni su hermana,

mientras fueron solteras, en acudir a los talleres de tabaquería y librar, dobladas frente a sus barriles, despalando
la preciada hoja, la subsistencia de su pobre madre que se
consumía de dolor al contemplar el estado a que se hallaban
reducidos aquellos amados pedazos de sus entrañas.

Por eso, sin duda, el nuevo matrimonio vivía casi con holgura, a pesar de la modesta entrada que gozaba.

Al terminar la guerra decidióse Eladislao a retornar a su
patria, y vino acompañado de su amante esposa, quedando
con la otra hija —que no estaba pobre— la buena señora
doña Amalia, quien decía que «volver ella a la isla sería pre-
cipitar su muerte, por verse sin el esposo para cuyo recuerdo
quería conservar su vida».

Habíase propuesto el señor Gonzaga vivir alejado de la
sociedad cuyo esplendor no podía sostener dignamente;
pero antiguas amistades le hicieron quebrantar este propósito, y había visitado algunos de los centros de recreo que por
entonces se inauguraron, y estableció así nuevas relaciones,
las cuales cultivaba solo, una vez que su esposa no accedió
nunca a las reiteradas instancias que él le hacía para que
alguna vez le acompañase. Porque, como ella decía: «Es distinto el equipaje de la mujer, mi presencia, desairada a causa
de nuestra pobreza, te haría representar un mal papel. Ve tú,
eso me contenta». Y la pobrecita experimentaba un placer,
así como agridulce, siempre que su marido asistía a las reuniones y visitas a que ella no le acompañaba.

Cerca de dos años hacía ya que estaba en la isla el señor
Gonzaga. Sus amistades habíanse condensado, y ya no se le
agasajaba como en los primeros meses; solo que los que ahora tenía eran verdaderos amigos suyos —quizás porque, a su
igual, no tenían «sobre qué caerse muertos»—. Quejábanse
algunos de su retraimiento, porque no concurría a las sociedades tan a menudo como deseaban ellos; y otros porque

cuando se presentaba en sus salones apenas hablaba más de lo necesario para contestar a las palabras que se le dirigían. «Los muchachos» le abandonaron bien pronto, «porque era muy seriote», y la mayoría de «los hombres serios» asumieron cierta prevención contra él, porque en sus breves e incisivas frases les había cogido de lleno en muchas ocasiones, y, por supuesto, se sintieron heridos en su «delicada susceptibilidad». Apenas si llegaba a una escasa docena el número de amigos que contaba Eladislao, cuando le vimos por primera vez acompañado del consecuente doctor Alvarado.

Entre los frívolos que primero esquivaron el trato del señor Gonzaga, figuraba el joven Federico Unzúazu, a quien sin aludirlo y aun sin pensar en él muchas veces, haíale dado el caballero más de una provechosa aunque dura lección; pero no le faltó nunca al recién llegado cierto número de visitantes que le extraían abundoso jugo para exprimirlo después en diversos lugares, acreditándoselo cada cual como savia propia. Y así vino a ser algo como el anónimo dictador de aquella sociedad, el hombre a quien miraban con recelo los jóvenes sin seso; a quien con despechada soberbia veían los habituales embaucadores del pueblo, y a quien no sabían cómo apreciar las mujeres, inclinándose naturalmente a la corriente opinión de que era un ente intratable, por más que ninguna le conociera por haberle tratado. Al fin, concluyeron todas por mirarle con cierta indiferencia, pero indiferencia simulada, que encubría el deseo que las acometía de oír, de ver, de conocer con alguna intimidad a un hombre de quien tan mal hablaban a hurtadillas los que, en raptos de honradez sin duda, hacían el más alto elogio de sus prendas morales, de su talento sereno, de su comportamiento personal.

Apenas se hablaba en muchos círculos de otra cosa que del señor Gonzaga. América llegó a temer por la seguridad personal de su marido, cuando a sus oídos llegaron algunas insidiosas versiones de las cuales, con verdad sea dicho, se preocupó muy poco Eladislao. Entre unos y otros habíanle convertido en un ser extraño a quien miraban todos con cierta mezcla de respeto involuntario, de aversión gratuita, de temor infundado, de afecto y de odio —sentimiento indefinido, como indefinible era para los estólidos cerebros, un hombre que despreciaba la vocinglera popularidad vinculado en la ignorancia de los heresiarcas sociales, en el fugaz endiosamiento de las muchedumbres siempre inconscientes e impresionables siempre, y se contentaba con hacer el bien por los beneficios intrínsecos del bien mismo—. Aquella sociedad, maleada por las diferentes aspiraciones creadas por el egoísmo y la perversidad del sistema de colonización en que se desarrollaran sus pasiones brutales, no podía comprender a un hombre como el señor Gonzaga. Cujeado éste por las terribles experiencias del destierro, habíase formado un carácter desimpresionado, y de ahí que le llamaran orgulloso unos, y le acusasen otros, de poco afecto a sus compatriotas, y cada cual a ciegas se esforzara por inventar el calificativo que con exactitud y a su satisfacción le cuadrase; porque lo cierto era que todo les parecía poco expresivo para concretar su juicio sobre aquel hombre superior, de la misma suerte que nunca les venía a la boca la frase que, a su pesar, fuera bastante respetuosa y halagüeña para saludarle cuando no podían evitar el dirigirle la palabra. Pero Eladislao no se inquietaba por nada de esto, y viéndolo y comprendiéndolo todo, lo miraba con la desdeñosa compasión que ameritaba la pobreza de alma de sus detractores.

Clara se manifiesta la estrechez con que viviría el digno caballero, en el tiempo que llevaba en su país, sin haber traído suficiente dinero para una larga holganza, y sin tener dónde ganar decorosamente lo necesario para el sostenimiento de su modestísima casa. Gracias a que la virtuosa América secundaba con admirable acierto a su esposo, ya que los hábitos practicados en el hogar norteamericano habíanla enseñado a estimar el trabajo como un ejercicio honroso —que de puertas adentro de su casa no hubo jamás mujer más diligente y emprendedora que la joven esposa del señor Gonzaga—. La economía doméstica no tuvo en ningún tiempo intérprete más entendido. En sus manos adquiría el dinero un valor prodigioso. La elegancia que en la mesa alcanzaban las diez o doce de viandas que hiciera guisar ella bajo su inmediata dirección, dábales el apetitoso aspecto de escogidos manjares, remedando con aceptable fortuna un pequeño banquete en que no faltaban los postres; y a medida que se iban estrechando recursos aguzábasele el entendimiento y efectuaba milagros —que tal deben llamarse los frutos de su recomendable disposición—. Y cuando, más al final, a causa de la penuria monetaria, fue de necesidad despedir a la criada que le auxiliaba en sus quehaceres, demostró la activa señora que también sin la ajena solicitud podía ella desplegar y poner en práctica las labores de su fecunda imaginación.

¡Era de ver aquello del arreglo de los vestidos, y hacer de uno de verano un traje de invierno; el variar de los adornos sin incurrir en nuevos gastos de cintas, ya volviéndolas y desfigurándolas en la forma, ya lavándolas y tiñéndolas ella misma por las recetas domésticas que al dedillo conocía, y presentando en toda nueva combinación un conjunto armónico tan delicado como el refinado gusto y la sensibilidad exquisita de que estaba dotada la talentosa joven! Pues ¿y el ajuar de la casa? Aquellas cortinas de punto siempre nuevas, siempre blancas... ¡y solo tenía dos juegos!... Cuando se ponía uno había que recorrer y zurcir el otro antes de echarlo a la batea, lavándolos siempre ella misma aun en los mejores tiempos, que las lavanderas no acabasen con la delicada obra de los tejidos. Y los sábados, ¡qué afán el de la señora de Gonzaga en la limpieza general de su impretenso mobiliario! ¡Cuán dispuesta y alegre atábase a la cabeza, a modo de turbante, una toalla o un pañuelo de esos grandes, que le daba el tipo de las criadas irlandesas que tanto abundan en el norte, y con una canción cubana se acompañaba el fregado de aquí, y barnizando allá chapurraba otra canción, de esas canciones vivarachas de las gentes del sur de la Unión, y entre un tarareo y un canto y hasta una mal silbada sonata, todo lo removía y lo deshollinaba a punto de creer la casa nueva el que por primera vez la visitara en la siguiente semana! Lo único que no hacía la joven señora era el lavado general, y esto era de costo ínfimo; porque la ropa blanca exterior era escasa, inclinándose el matrimonio al uso de lanas y franelas sencillas, lo que además les conservaba una graciosa reminiscencia del tipo extranjero impreso en ambos por su larga estancia fuera de su país natal.

La situación del señor Gonzaga se hacía más y más estrecha. Una vez pidióle una tarjeta «de introducción» a un rico señor de grandes representaciones coloniales, para otro caballero, dueño de varias haciendas, con el objeto de obtener algún empleo, algo en qué trabajar, fuera lo que pudiera ser. El señor de las representaciones temió por su prestigio, por ser el señor Gonzaga, un «antiguo separatista no convencido»; pero al fin le dio la tarjeta y algunos «consejos de prudencia». Mas, el otro caballero «no pudo colocarle» ni indicarle quién pudiese hacerlo, porque «¿cómo ofrecer un pobre empleo a una persona del carácter del señor Gonzaga?». No; sería mejor que esperase un poco, que tuviera paciencia; él merecía «una posición que no tardaría en llegar» —refiriéndose acaso a las elecciones de diputados a corte que estaban próximas—. Pero como, lejos de esto, para cuando se verificaron aquéllas había ya conocido Eladislao la ineficacia de tales medios, se había comentado mucho su reserva respecto del orden establecido, ya que no se manifestara ostensible su divorcio del elemento contemporizador, su comportamiento disgustó sobremanera a los desdeñados políticos reformadores de la colonia; y bien con ésta, ya con la otra excusa, y con el continuado encomio de sus méritos personales y los ofrecimientos constantes de «particular amistad», fuese más y más aislando el pundonoroso patriota, viviendo materialmente en la miseria, abandonado por una sociedad hipócrita y soberbia que le adulaba de frente y le atacaba por la espalda con el alevoso puñal del despecho, del resentimiento y del orgullo, heridos, humillados por la ejemplar conducta que ellos no se atrevían a ensayar siquiera. Y así, uno tras otro pasaron los días, y los meses, y la situación del señor Gonzaga se hacía cada vez más difícil de ser llevada con calma. Las pocas joyas que trajera de sus épocas más pasajeras la señora fueron silenciosa y fatalmente pasando de su cofre a los misceláneos armarios de los usureros; y Eladislao sin encontrar qué hacer, sin ninguna persona «a quien volver los ojos» entre tantas como a cada paso le ofrecían sus servicios.

Se necesitaba una prueba más, y la hubo. Asediado por la necesidad, dirigió una vez una esquelita a uno de aquellos que se llamaban «sus amigos» y bien podía servirle con la bagatela de 50 pesos que le pedía prestados, y esto cuando tuvo ciertas esperanzas de poder pagárselos en un plazo dado. A poco recibió otra esquela de su amigo: «Lo sentía en el alma; con eso y con mucho más le serviría; pero sus negocios andaban mal, muy mal; él a su vez estaba en las astas del toro; si recibía una cantidad que le habían prometido para uno de aquellos días, le facilitaría gustoso la suma pedida». Pero no le devolvió la esquelita peticionaria, que hubiera sido lo correcto —a no ser que le interesase conservarla como autógrafo de preciosa memoria.

El doctor Alvarado se enteró de los apuros de su joven amigo, y se apresuró a salvarle de ellos, con gran bochorno de Eladislao que se prometió no exponer a nadie más sus necesidades, y «morirse de hambre» antes que ocupar a ningún otro de «sus amigos».

Tal era la situación del caballero a los dos años escasos de encontrarse de nuevo en el país de su nacimiento, y en su ciudad natal. Tenía que asistir a la reunión que celebraba aquella noche la familia Nudoso-Unzúazu, cuyo trato no se había extendido aún hasta la buena América, porque, como se ha dicho, ésta temía más que su esposo al cambio de visitas que expondría a la burla social su falta de recursos pecuniarios.

Comentábase mucho, desde luego, la reclusión de la esposa de Gonzaga.

—Será fea —decían algunos.

—Carecerá de educación —decían otros.

—De puro orgulloso que es la tiene encerrada —aseguraban muchos.

También la familia del señor Nudoso del Tronco había dejado escurrir alguna que otra honesta indicación, pero ni Eladislao se había dado por entendido, ni aquélla había extremado sus insinuaciones, guardándose por todos una actitud prudente, aunque en verdad un tanto violenta.

VI

Cuando, como a las nueve, llegó Eladislao Gonzaga a casa de la familia Nudoso-Unzúazu, en aquella noche de festival recibimiento, convergieron a él todas las miradas, demostrándose en unos la curiosidad, porque no le conocían más que de nombre, y en otros ese zozobroso deleite que en las criaturas de condición inferior produce la presencia de las personas de superioridad manifiesta. Los demás eran ya conocidos amigos suyos.

Todos se movieron en sus asientos. Algunos, los que estaban cercanos al caballero, se pusieron en pie, mientras Magdalena, que con su hermana hacía los honores de la recepción, cambió con el recién llegado un cariñoso apretón de manos —acto que por descocado e imprudente estimaron dos retrasadas señoritas que, muy empingorotadas, se hallaban en chillona plática con varios jóvenes alegres.

Magdalena tomó de la mano izquierda al señor Gonzaga, y llevándole hasta el centro del salón, con graciosa frase le presentó a los concurrentes, que esta noche eran muchos los que no le conocían. Eladislao se inclinó, saludando a todos con elegante soltura, estrechó las manos que algunos caballeros le ofrecieron, y después, acompañado de su bella introductora saludó en particular a las señoras, a quienes le fue nombrando con picaresco donaire Magdalena, reservándose para más tarde u otro día cualquiera la detallada biografía de cada una de las damas.

Ana María que estaba ordenando la mesa refrigerante, llegó en aquellos momentos, y demostrando al amigo su buen afecto y distinción, acompañó a la pareja en los saludos, y recomenzó después la conversación con el carácter propio de las reuniones de confianza. A poco entró en la sala el señor Nudoso del Tronco, que estaba en su salón-escritorio, atendiendo a tres de sus corifeos del Casino, a quienes no logró convencer de que podían participar de la tertulia de la concurrencia. Tal vez ellos se conocían mejor.

No hay necesidad de encomiar lo selecto de las reuniones de aquella casa en que imperaba siempre el buen gusto. Una señorita, accediendo amablemente a la súplica de un joven que la galanteaba, se hizo acompañar hasta el piano. El preludio anunció desde luego una ejecución magistral. Aprestáronse todos a tomar cómoda postura en sus asientos para oír mejor, y una de las envejecidas señoritas, Susana, la más atiesada, la de más espirituales carnes, que solía en femeniles confidencias jurar que en sus cuarentidós años (treintiuno decía ella) jamás se había ligado las medias delante de un espejo para no ruborizarse al ver la reproducción de «sus tobillos» —así decía «para no proferir una insolencia»— enderezóse más en su asiento y consiguió hacerse notar de varias personas, porque sus movimientos denotaban cierta autoridad artística.

La señorita Emelina dio principio a unas juguetonas variaciones motivadas sobre diversos aires cubanos, cuyo autor anónimo fue espontáneamente aplaudido por todos, recibiendo la joven merecidos elogios de los inteligentes que a su terminación se le acercaron a felicitarla.

A la Señorita Susana, la flacucha, no le agradó la ejecución, y el asunto le pareció trivial en demasía.

—¡Venirnos a tocar aires cubanos!... ¿Eso es música?... ¡Aires cubanos... cuando hasta los perros tocan música clásica, digna de tan escogida concurrencia!

Pero señora... digo... señorita... hemos de convenir en que jamás habríamos podido aplaudir esas mismas producciones clásicas, que usted con mucha justicia admira, sin las legítimas expansiones del sentimiento nacional... Los aires populares son un producto espontáneo, con el cual contribuye el pueblo, acumulando materiales, para las grandes creaciones artísticas que resultan después por la selección que opera el genio. ¿Cómo si no habría podido Beaumarchais ofrecer en El matrimonio de Fígaro el hermoso aire sentimental de Mirontón, Mirontaine, que no es más que el Malbrough, decrépito y cansado hasta el fastidio por su extremada vulgaridad? Y como éste podríamos...

Esta conversación, que empezaba a tomar el énfasis de la polémica, era sostenida a media voz entre la ósea Susana y un inteligente joven redactor de El Papirus, un periódico literario que semanalmente se publicaba en Belmiranda, con gran pompa escrito e impreso a todo lujo, muy apreciado de las damas y un tanto censurado de algunos caballeros, por la decidida tendencia pedantesca que afectaba su juvenil redacción. Y vino a interrumpir el diálogo, que prometía ser sabroso —pues que ya iba a saltar despechada la descarnada señorita— cierto movimiento general y el murmullo de aprobación que se manifestó en la concurrida sala. Era que Magdalena había accedido con su natural complacencia a tocar «cualquier cosa» según la frase de Eladislao que se lo suplicara.

Después de hablar algunas palabras con su hermana, sentóse la señorita al piano, y Ana María tomó a su lado un papel quedándose de pie, en actitud de acompañarla cantando.

A la entendida presión que sufrieron las teclas lanzaron éstas unos dulces gemidos, que iluminaron con la llama de la inteligencia el plácido rostro del señor Gonzaga, quien se preparó a oír con el placer que lo hacía siempre, un trozo, cualquiera que fuese, de Roberto el diablo. El vivo ritornelo de los couplets de Alicia le transportaron a sus buenos tiempos; y cuando a las precisas notas, arrancadas por Magdalena al instrumento, se unió la dulce voz de Ana María, e interpretaron ambas hermanas aquella parte, la más débil quizás, de la elevada idea de Meyerbeer, ya no pensó Eladislao más que en las melodiosas armonías del arte, en la brillante fantasía del autor inmortal que con maestra mano asentara los cimientos de la escuela moderna, formados con la argamasa que proporcionaran reunidas las escuelas italiana, alemana y francesa. Aquellas fundaciones, sirvieron de poderosa base a las columnas que medio siglo más tarde habían de simbolizar Ifigenia en Tauride, Nerón, Lohengrin, Carmen, Rheingold y otras obras maestras, las cuales esperan confiadas la techumbre que ha de completar el alcázar del panwagnerismo imperante.

Una salva de aplausos, unánime, sentida, a la que se unió entusiasmada la muchedumbre que desde fuera miraba por las ventanas, ahogó las vibraciones de las postreras notas, y coloreó las mejillas de las virtuosas que con tan artística conciencia habían glorificado la memoria del soberbio maestro del sinfonismo ideal.

La púdica Susana dijo con desdeñosa y apagada voz que «ella habría preferido Los hugonotes a Roberto el diablo»; pero nadie la oyó, o no le hizo caso nadie.

Eladislao sentíase henchido de satisfacción por haber tenido la feliz idea de pedir a Magdalena que tocase «cualquier cosa». Nada que hubiese escogido la joven le habría complacido tanto. Pero ¡con qué maestría lo había hecho! Aquello era obra de un consumado artista. ¡Qué limpieza, qué seguridad, qué interpretación tan irreprochable!... Y Ana María ¡qué bien había cantado! ¡Qué modulaciones más suaves y naturales, qué tensión, qué dulzura más embriagadora! El señor Nudoso del Tronco, a pesar de su total incompetencia en los refinamientos del arte, pensó que si su mujer le cantase algo así de vez en cuando, no iría tan a menudo a domesticar los agiotistas de la política, sus compañeros del Casino.

Para divertir la opinión asaz concentrada en las inspiradas amateurs, y evitar las felicitaciones que ya empezaban a extremar los caballeros a las dos hermanas, dijo una de éstas que les esperaba el ambigú; y poco menos que en tropel se dirigieron al comedor los mozos, siendo necesario recordar a algunos que prestaran con su brazo apoyo a las señoras, las cuales íbanse quedando abandonadas.

En la mesa reinó la más liberal franqueza. Hasta el señor Nudoso del Tronco se permitió ofrecer una copita de champaña a su esposa, la que aceptó ésta con distraído movimiento. El señor Gonzaga era el obsequioso caballero de Magdalena, y el señor Olvera, un hombretoncillo rechoncho, coloradote, de ancha cara y aplastada nariz, a la cual acompañaban dos ojillos de alechuzada configuración, hacía sus galanteos a la casta Susana quien, volviendo en blanco los ojos, daba a todo «mil gracias», sin aceptar nada a la invitación primera; pero pasada ésta aceptaba siempre, lo cual parecía saber perfectamente el caballero.

Poco más de media hora después volvían los convidados a la sala, dejando en el más desastroso estado la mesa del ambigú, campos de sus voraces hazañas.

La conversación volvió a tomar su turno.

Con motivo de Sofía, que había asistido en el servicio de la mesa; se habló de la esclavitud y de las reformas que se operaban, lamentando algunos que «aquella mulatica tan blanca fuese esclava». Y de aquí tomó pie el señor Olvera para hablar de la reciente ley de abolición y patronato, y de las mejoras que por grados iba adquiriendo la raza negra, y dio luego la noticia de que ya pretendían los «libertos» tener también sus periódicos, escritos por ellos mismos, lo cual llenó de asombro al señor Nudoso del Tronco, que «no transigía con eso de la intelectualidad del negro».

Según el señor Olvera, en la noche anterior, uno de los miembros del círculo cubano a que él pertenecía, había presentado extraoficialmente un manuscrito, desenvolviendo la idea que un joven de color había concebido, de publicar un periódico dedicado a la exposición de las aspiraciones de la raza negra en Cuba. El pliego, dijo, estaba muy bien escrito, muy razonado, y con grandes esperanzas de obtener un decidido apoyo de aquel ilustrado centro. Pero las opiniones allí emitidas por los que del asunto se ocuparon —no habían sido absolutamente edificantes, ni tampoco lo eran las que se adelantaban en esta reunión al comunicar el señor Olvera la estupenda noticia—. El rollizo caballero se extendió en detalles al observar que le escuchaban atentamente muchos de los concurrentes, entre ellos el señor Gonzaga. Y continuó diciendo que, un caballero de abdominal protuberancia, largas patillas, ásperas facciones, aguajirada pronunciación y dialéctica esclavista del tipo más ennegrecido, había «disertado» largamente en el centro sobre las condiciones y aptitudes morales e intelectuales del negro para su proclamada vida de hombre libre en la sociedad civilizada. El señor Olvera entendía que el individuo aquel, que poseía dos ingenios y otras fincas importantes, había dicho disparates de todos los calibres y tamaños conocidos y aun algunos más, pero «no dejaba de comprender que le asistía razón en algún tanto» para estimar incompetente a la raza esclavizada; porque «en tanto tiempo» que llevaba de ser libre una considerable parte de ella, «no se había visto descollar, propiamente dicho, ninguna notabilidad por su elevación de ideas». Esto último no lo había dicho el barrigón de las patillas, pero las rústicas disquisiciones de aquél le había sugerido al señor Olvera este pensamiento, que en su rutinaria filosofía estimaba de trascendental argumentación. El rico hacendado había concluido por decir que, él «por su parte» era «más liberal que Aguilera y más demócrata que Chicho Valdés», pero que estaba convencido de que era «un beneficio» el que se le hacía a los negros perpetuándolos «bajo la protección de sus amos», aunque él estaba pronto a declarar libres a todos los suyos, «siempre que así lo hicieran también todos los demás posesores de esclavos de isla»; y respecto de los ya libres, su opinión era que, «lo mejor que podían hacer era coger una guataca y ponerse a chapiar». Y a esto habían asentido más a menos expresamente todos los circundantes, ridiculizando algunos con pesadas bromas el acto del caballero que había llevado a la sociedad la voz del novel periodista, cuyas pretensiones debían ser, de fijo, mayores que sus aptitudes para el espinoso empeño de su elección. El señor Olvera, desde luego, hablaba generalmente como simple narrador, pero en toda su relación, que fue larga y prolija, no pudo encontrar el señor Gonzaga, por más que deseoso lo buscara, un solo acento de protesta contra las torpezas y la estulticia de aquel filósofo de látigo y grillete.

Eladislao habló al fin, sin atender a las diversas opiniones que se siguieron, atropellándose unas contra otras para no ceder ninguna la primacía, pues que todos estaban convencidos de la paridad de sus ideas respecto de aquella cuestión vital.

Cuando notaron que hablaba el señor Gonzaga hicieron todos algún silencio, y él siguió como si continuase una conversación a media voz. Diríase que hablaba sin interés de ser —tan queda y abstraídamente salían de sus labios las palabras—. Luego se fue animando, llegó hasta los bordes de la exaltación, y estuvo a repetidos intervalos tan elocuente, que hubiera conmovido con sus apelaciones al más indiferente auditorio de negreros empedernidos; porque el señor Gonzaga era un hombre de arraigados principios de libertad, de justicia, de amor humano. No era uno de esos demócratas de la mugre, ni se confundía en ningún punto con esos vocingleros igualitarios que encomian sus fraternales sentimientos en la mesa del banquete, brindando a la felicidad soñada en las doradas perlas del champaña espumoso, no. El señor Gonzaga era demócrata por convicción, porque entendía que «no debía ser otra cosa». Detestaba las palabras huecas; por eso permanecía recluido a la modestia del hogar, no perdiendo jamás la oportunidad, que procuraba siempre de hostilizar con todos sus alcances la desgracia donde quiera que estuviese —no importa el disfraz que la cubriera— sin emplear los churriguerescos ruidos del farsante ni la vanidosa ostentación de la soberbia.

—¡No están preparados! ¡Necesitan regenerarse! ¡Que cojan una guataca! —decía repitiendo lo que dijeran los otras y tanto le había chocado a él—. ¡Y esto a hombres que demandan auxilio, auxilio que podría cimentar el templo de nuestra concordia universal; auxilio que podría inaugurar una era de gloriosa fraternidad, constituyendo el pueblo por venir, la realidad patriótica, la garantía de la emancipación humana en nuestro desventurado país! ¡Ah, los negros! Sí; ellos se regenerarán de la misma suerte y por el mismo procedimiento que han de emplear los blancos para su perfección social, para su reformación moral; para su educación política. El negro que ayer cortaba la caña azucarera en nuestras plantaciones, abandonado al oprobioso látigo del mayoral, fue amparado por la revolución, protegido por la constitución de la naciente república, y defendido por las armas cubanas hasta el momento en que le confiaran al patrocinio del gobierno combatido, con la promesa solemne de conservarle sus naturales derechos. Ya la fórmula está dada y aceptada. El esclavo de hoy será el ciudadano de mañana. Se lo garantiza la opinión ilustrada del país; y una vez en posesión de sus derechos el negro, se dignificará, llenará sus deberes de hombre, y recibirá la emancipadora investidura de la ciudadanía, consumándose así el gran destino humano, la soberanía individual, el fin supremo de la civilización moderna.

Y después, como si hasta entonces no se dirigiera a los circunstantes, continuó:

—El periódico, amigos míos, ha de contribuir poderosamente a la regeneración del esclavo. A pesar de la tendencia fastuosa de las razas africanas, que ha de influir indudablemente en los descendientes del negro importado: a pesar de la fantasiosa imaginación de los salvajes de Etiopía, que ha de ejercer dominio cuantioso en el intelecto del negro cubano, triunfará el espíritu imitativo de las especies de la raza humana, espíritu que tanto se manifiesta en el periodo civilizador en los pueblos jóvenes. Y la clase emancipada, a despecho de las bastardas especulaciones de la ciencia mal encaminada, figurará al lado de la clase emancipadora, y todos se dividirán al fin, por partes iguales, las deficiencias y las perfecciones que haya producido la labor orgánica en su desarrollo común. El periódico es, además, el exponente de los adelantos diarios; por él se aquilatará el valor de ese elemento en las funciones de su nueva vida. Y después de todo ¿qué nos atormenta? El periódico en nuestros días es un producto que no tiene regular demanda en el mercado intelectual si se le nota avería de perdición. Nadie cotizará una mercancía inservible, nadie comprará el género que no necesite. Y esos papeles circularán solo entre los individuos para quienes habrán de escribirse. No interceptarán, si no lo merecen, nuestras escogidas bibliotecas, no; nuestras familias no se pervertirán por sus lecturas, no los protegerán; pero nosotros, para evitar que esas inteligencias que nacen tomen un rumbo pernicioso y terminen por infamarnos tanto o más que lo ha hecho el sistema que muere, les tenderemos la mano, les guiaremos y ayudaremos en su empresas, enseñándoles de un modo o de otro a escribir lo que hoy no saben; y lo haremos, no por sentimiento de filantropía, no, sino para salvar a nuestras familias del terrible mal que les vendría dejándolos abandonados.

Al llegar a este punto observóse en la reunión un expresivo movimiento de sorpresa, pintándose en el rostro de todos la incredulidad.

—Sí, por nuestro propio beneficio —reafirmó al notarlo el señor Gonzaga—. Todos estamos consciente en que la corrupción moral ajena al inhumano sistema de la esclavitud, no se circunscribió a los desgraciados que sufrían los efectos inmediatos de ese funesto organismo, no, nuestras familias sufren también las demoledoras consecuencias del mal; porque, como no podía menos, ha interesado íntimamente al cuerpo social y enfermado su constitución. Aun en nuestras principales familias, a poco que se observe, puede notarse la decadencia moral que ha producido el trato constante con esos infelices seres salvajes, que no era posible instituyeran cátedras de moralidad y buenas costumbres, en medio de la inmoralidad y los malos hábitos de los desenfrenados esclavistas que han constituido y constituyen su ejemplo.

El señor Nudoso del Tronco no pudo sufrir este cruel aguijonazo, y prorrumpió:

—Por ese camino va a pedírsenos que les confiemos a esos gaznápiros las riendas del gobierno, y les titulemos condes y marqueses, y les entreguemos dotadas a nuestras hijas para introducirlos en la civilización...

El señor Gonzaga sonrió con desdeñosa bondad e iba a contestar al caballero, cuando otro de los tertuliantes, el jovencito redactor de El Papirus, expostuló:

—Pero, de todos modos, si no tienen instrucción ¿cómo han de escribir y publicar periódicos? Si, como aseguran algunos sabios, no tienen el cerebro en condiciones favorables para asimilarse nuestra civilización ¿qué progresos harán en lo intelectual?

Eladislao se fijó en la despejada frente del joven, y reflejóse en su mirada investigadora algo como la dolorosa consideración de ver perdida, extraviada por las sofismas de la filosofía traficante, una inteligencia innegable que bien dirigida fuera una verdadera gloria patria.

—Todo eso está bien hablado —dijo al fin el señor Gonzaga irónicamente asintiendo, como lo hacía a menudo para destruir luego con mayor eficacia los deleznables argumentos que se le oponían—. Figúrense ustedes; una raza por la cual hemos hecho tantos sacrificios, a la cual hemos dedicado siempre con tanta asiduidad nuestros cuidados... ¡Ay, amigos míos!, se pierden ustedes en el laberinto anómalo de las preocupaciones por el mismo denunciado sistema. ¿Tanta es la insuficiencia actual de nuestros gobernantes, que se teme hasta del elemento más incapacitado para gobernar, y aun para alimentar semejantes aspiraciones de todo en todo absurdas en sí mismas? ¿Es que reconocemos la irrestaurable decadencia a que ha llegado la nobleza titularia, y se teme el imposible de ulterior degradación? ¿O es que aceptamos, quizás, tan bajo nivel moral en nuestras familias, que no dudamos que el esclavo de la víspera cautive al día siguiente el corazón o los sentidos de su exdueña y señora? ¿O los errores y las injusticias perpetradas, a tal punto han desmedrado nuestro cerebro que, poseídos de un falso convencimiento, declaramos al negro un ente superior que a tener sueltos los brazos anulara con solo este hecho nuestra raquítica existencia?... ¡Ah, la pasión!... Yo no he podido nunca explicarme ciertas cosas. Los extremos se tocan, ha dicho alguien, y en efecto, cuando se extreman las injurias se convierte en vindicación la ofensa. Ni ¿qué puede importarnos la infundada conclusión del primer seudosabio (dijo ahora, volviéndose para el joven periodista) a quien se le ocurrió faltar el respeto que a sí propio se debe el hombre de honor y de sentido común? Ese argumento que la ciencia cursi ofrece a las multitudes que no estudian nunca ni observan nada, debe haber llevado muchos miles de pesos a las arcas de los interesados en el tráfico humano. ¿Cree usted que predicando la igualdad del desarrollo intelectual, en idénticas condiciones, entre el negro y el blanco, se habría podido arraigar la desigualdad social premeditada para constituir más tarde la condición del siervo en los unos y la del señor en los otros? No. Así como en los tiempos primitivos bastaba solo el triunfo del más fuerte para establecer la esclavitud sobre los más débiles, sin miramientos por la igualdad de la piel; en nuestros tiempos, más avanzados, ha tenido que presentarse la diferencia de esa misma piel —borrando los límites de la nacionalidad— para sostener el argumento de superioridad a favor de aquellos propios fines de vasallaje humano. Pero, acá para nosotros, confesemos que el negro es un ser inteligente y susceptible de los mismos progresos que los hombres de cualquier otra raza. Tengamos en cuenta un ejemplo edificante: Jamás se han ocupado el gobierno ni el pueblo del avance en la instrucción de la raza negra —cosa que tampoco censuro a los que solo quisieron hacer de ella una raza de esclavos, puesto que el ser inculto es en nuestros días el único esclavizable—. Mas, siempre hemos tenido en nuestro seno personas filantrópicas, que han proclamado las leyes humanas, los sagrados deberes del cristianismo, et. A esos preguntaría yo: «¿Dónde habéis establecido las escuelas para esas criaturas también humanas que vosotros mismos iniciasteis en vuestra religión? En vuestras leyes reglamentarias teníais artículos por los cuales cerrabais las puertas de vuestros institutos de enseñanza a los niños de color; y como para evitar que fuesen admitidos ni siquiera a título de pensionistas, los que no siendo esclavos pudieran pagárselos sus padres, negabais al profesor el derecho de admitir a ningún educando que no presentase la orden firmada del inspector de instrucción»... Dejadme concluir (dijo, notando que el señor Olvera intentaba interrumpirle).

A pesar de todas esas cortapisas ¿cuántos se han elevado por cima del nivel común? ¿cuántos de menor importancia? Innumerables, amigos míos, innumerables. Todos los conocemos. ¡Ah, por amor a nuestras hermanas, que vivirán por ley natural tanto como nosotros; por amor a nuestros hijos, que vivirán más que nosotros; por la bienandanza de la sociedad futura que constituirán nuestras familias venideras, no descuidemos ninguna de las clases sociales de nuestro pueblo! Si amamos el pedazo de tierra en que nos forjamos nuestra patria, si deseamos su engrandecimiento, abramos las puertas del saber a todos los elementos, demos acceso a todas las partes que forman su integridad, y de esa suerte le habremos salvado del cataclismo que espera a los pueblos obcecados que cierran los ojos a la luz de la razón y de la verdadera filosofía.

Al pronunciar la última palabra hundióse un tanto en el sillón en que estaba sentado el valiente defensor de la justicia, como si el esfuerzo que hiciera le hubiese rendido; pero, no —fue más bien un movimiento expresivo de que había terminado su discurso.

Magdalena, que había tomado asiento a su lado, sonrió ligeramente, sin mirar al entontecido señor Olvera, sin mirar tampoco a su cuñado cuya congestionada faz adivinó, porque le conocía muy bien. Sí; Magdalena sonreía satisfecha, primero, porque nunca había oído hablar tanto al señor Gonzaga, y luego, porque la estranguladora batida que llevaba el señor Nudoso del Tronco aquella noche, era el mejor argumento contra la opinión que de Eladislao había emitido en días atrás. Para el irreconciliable integrista, Eladislao era una de tantas «glorias fracasadas», insulsas «medianías encumbradas por los necios», los cuales, elevando al primero que se les ocurre, procuran a su vez salir de su desoladora penumbra. Y la joven gozaba interiormente al ver destruido de manera tan inesperada el aventurado juicio de su zarandeado hermano político. Éste no pensó en combatir de frente aquellos argumentos, y el señor Olvera hizo girar la conversación hacia las fiestas que se preparaban para celebrar el segundo aniversario de la constitución del partido liberal antillano. Hablóse de varias cosas a la vez por todos, como si todos tuvieran empeño en separarse del punto en que estaban, y no tardaron en conseguirlo. El señor Olvera escuchaba embobado la relación que le hacía el señor Nudoso del Tronco, sobre la ruda campaña que planeaban sus esforzados compañeros del Casino para copar las cercanas elecciones municipales. Ana María entretenía a dos señoras ya mayores, hablándoles de las diabluras de Julita su hija, que ya leía perfectamente —según ella—, aunque no contaba más que apenas seis años. Y una de las señoras a su vez hizo notar cómo su hijo menor, Ramoncito, no sería un badulaque como Meleusipo, el mayor, que había casi arruinado a sus padres con los gastos en sus estudios y sus viajes para embrutecerse más; Ramoncito sí prometía «ópimo fruto», pues que «solo tenía ocho años y siete meses», días más o menos, y ya sabía de corrido la lección que en el primero de Guiteras comienza: «La vaca da leche», y concluye: «Mírala como está comiendo yerba»; y su excitación hizo temer a Ana María, al referirse la buena señora al hecho escandaloso de una maldita criada que, cuando Ramoncito repetía aquello de: «Mírala cómo está comiendo yerba», híbale dicho: «Cualquier día se la vas a quitar para comértela tú», por cuyo atrevimiento, después de algunos mojicones, le había dado papel pocos días antes. «—¡Vea usted —decía la señora—, con eso a Ramoncito que se sabe de memoria toda la doctrina cristiana del catecismo de Ripalda!»...

Magdalena apenas escuchaba lo que le decían unas jovencitas que no querían alejarse de su lado. Continuaba en su oídos el simpático ritmo de las palabras del señor Gonzaga, y no se explicaba —ni lo había intentado siquiera—, el sentimiento que la atraía hacia tan hermoso razonamiento. Si hubiese pensado en ello, de seguro habría resuelto el problema diciéndose que Eladislao Gonzaga no se parecía a ninguno de los que hasta entonces había tratado —tipos vulgarotes que no sabían otra cosa que galantear con el descaro moderno que han dado en llamar soltura y hábito social, ocultando los de «grosería» e «ignorancia» que son sus más exactos calificativos—. En Eladislao encontraba Magdalena; un hombre. Sus discretas galanterías la entusiasmaban; porque en ellas notaba al caballero de buena educación y respetuoso comportamiento con las damas.

Hablando, pues, con el héroe de la fiesta, fijase aquél en la joya que llevaba al cuello Magdalena; a lo cual le contestó ésta que ya debió haberla visto otra vez, en la velada de la sociedad, la noche que él y el doctor Alvarado habían acompañado a las dos hermanas a su casa.

Eladislao comprendió que estaba en falso. ¡No haber notado los detalles del traje de la joven cuyo caballero había sido en una fiesta que duró más de cuatro horas! Cosa es esta que no perdonan las damas; aun las que como Magdalena casi no son coquetas.

—Pues éste es, completo, el mismo traje que llevé a la recepción aquella —dijo la señorita, como quien dijera: «¡Qué torpe es usted que no lo reconoce!».

A todas las mujeres les agrada el halago. Y, aunque algunos no lo crean, a los hombres les sucede lo mismo.

El señor Gonzaga se puso en guardia, y como hombre de mundo que era, atacó, empleando las más sutiles combinaciones de la galante estrategia de los salones. Celebró a Magdalena, y... en verdad, lo hizo sinceramente, pero con calculado arte para deshacer el mal efecto que sabía haber causado su confesada despreocupación. Y Magdalena recibió con complacencia las celebraciones de Eladislao, las cuales creyó no haberlas oído nunca de otra persona. ¡Y tanto como la habían celebrado todos sus conocidos antes de eso! Pero las de Gonzaga eran mejores, por su fondo de cultura... y de justicia. Así al menos lo pensó la joven.

—Repito —decía Eladislao—, que ese collar es preciosísimo, y que la belleza de usted realza en sumo grado su valor artístico. ¿Es de manufactura extranjera?

—No —respondió Magdalena, cogiendo entre sus diminutos dedos la estrella colgante—; es hecho todo en Cuba, y yo misma hice el dibujo de la obra, que ha sido interpretado a mi gusto.

—Verdaderamente, señorita, es una obra de arte... pero ése es el símbolo americano...

—Según —contestó vivamente la joven—. No he querido colgarle un águila en la punta vacante para no completar la idea norteamericana.

—¡Y pensar que para ser genuinamente cubano el emblema, bastaría con ponerle en esa misma punta una cotorra!... —dijo Eladislao después, con voz casi inaudible.

Pero Magdalena le oyó, celebró la agudeza de aquella sátira terrible, y expresó su conformidad con la opinión que habrían estimado asaz depresiva los oradores y conferencistas del círculo de recreo.

Iban a dar las doce cuando empezaron a retirarse las familias. Dos o tres veces hizo el señor Gonzaga ademán para dirigirse a la señorita, que, cerca de él, despedía a los convidados, teniendo para cada uno oportuna frase, pero tal parecía que Magdalena no veía a Eladislao.

Al fin le tocó su turno, pero él fue el último. Ya se había despedido de los esposos Nudoso y no esperaba más que a saludar a la joven para marcharse. Magdalena le tendió la mano, estrechándole con brevedad, no sin que percibiera él un débil estremecimiento en la señorita, al contacto de sus dedos. Magdalena se ruborizó ligeramente, y apeló a un recurso muy usado por las mujeres en análogos casos: acudió a encajarse el pasador de carey que le sujetaba el cabello, el cual se le antojó flojo en aquel instante. Esto ocurrió todo con suma rapidez; pero debió haberlo visto y entendido Ana María, dada la fijeza con que observaba los movimientos de su hermana y del señor Gonzaga.

Eladislao se marchó. Llevaba embargado el pensamiento con el recuerdo vivo de la velada; pero no pensaba más que en las dos hermanas. ¡Cuán inteligentes y seductoras! ¡Cuán discretas! Sobre todo imaginaba Eladislao que no se parecía Magdalena a las otras jóvenes que había él conocido hasta entonces. Y enseguida le vino a mientes su esposa, y comparó ambas mujeres. América era buena, recatada, inteligente, un tesoro de cariño, un modelo de esposa, ciertamente; pero la comparó con Magdalena, y, desde luego, no se parecían en nada. ¡Qué funestas suelen ser estas comparaciones mentales! Por lo general resulta perjudicado el amor o la amistad más antiguas. Difícilmente sale bien parado el marido o el amante cuando la mujer, al vagar de la imaginación, le parangona con cualquiera de los hombres que conoce o ha conocido. En cuanto a la mujer, cuando al marido le toca comparar, resulta reventada de curación imposible.

Cuando Eladislao pensó en ambas mujeres, decidió que su amiga, aun sin la instrucción, era superior a su consorte. América era la buena esposa, en toda la extensión de la palabra. Bien lo sabía él. Pero Magdalena era la deidad que encanta y atrae. Ahora caía Gonzaga en la cuenta de la fascinación que le producía la elegante joven. Y ahora también notaba que Magdalena ni Ana María le habían encargado el saludo que siempre antes de aquella noche le recomendaban para su esposa. Magdalena ni siquiera había hablado de ella. Y él, que siempre la recordaba, aunque no pronunciase su nombre algunas veces; en aquella noche tampoco él había pensado en su esposa hasta que se le ocurrió ponerla en oposición con su joven amiga.

—¡Es muy simpática! —llegó a decir, durante el camino.

Pero no había cuidado. Toda aquella barahúnda mental acabaría con la presencia de la virtuosa América, quien, cosiendo, sentada a la luz de un quinqué, esperaba a su esposo, el cual aquella noche le pareció a la señora que tardaba más que de costumbre en otras semejantes. La realidad, sin embargo, probó lo contrario. América miró el reloj de pared que había en el comedor, y vio que no eran más que las doce y cuarto. En noches de fiesta Eladislao solía venir más tarde. Pero, a pesar de todo, a su esposa le parecía que había tardado más aquella noche. ¿Sería un presentimiento? ¡Bah! No había cuidado, no; Eladislao era un hombre honrado, de arraigados principios de moralidad. Si bien es verdad que la moralidad no pasa de ser un atavío filosófico, dominado siempre por los naturales instintos de la animalidad humana.

VII

Los asuntos financieros de la familia Nudoso-Unzúazu tiraban a tener un desenlace poco satisfactorio para Federico; pero éste no quiso conformarse con las cuentas galanas que le presentara su cuñado y tutor. La desavenencia estuvo a pique de tener todas las dimensiones de un escándalo judicial. Pero el señor Nudoso del Tronco era adverso a los pleitos legales. Allí, en sus oficinas, allá, en su casa, donde quiera, seguiría una cuestión de centavos hasta quedarse con ellos si era posible; pero habiendo por medio «la rapiña de los curiales» cedía el derecho a quien quiera fuese el que se lo disputara, siendo como era hombre práctico, y seguro como estaba de que perdería más sometiéndose a las soluciones de los jueces, no siempre justas. Y luego ¿para qué hacerse notar entre «aquella curialada» sedienta de sangre de banca, él que no tenía sus negocios particulares a prueba de escrutinios? ¿A qué dar oportunidad a «tanto buitre» para que se cebara en su oro, tan afanosamente acumulado? Y sobre todo, su fama única («principal» decía él, suponiéndose otros méritos sociales) consistía en la esplendidez de sus convites y recepciones. ¿A qué indisponerse con su buena fama? No; él se portaría «como bueno». Continuaría espléndido aunque se le desgarrase el corazón; pero esto no lo dejaría traslucir. Así había vivido, así viviría en adelante, engolosinando a aquella sociedad que por un poco de música y una bandeja de dulces levantaba hasta los cuerpos de la Luna a cualquiera que estuviese dispuesto a pagar su contribución. Sería juicioso, cuidaría de no arruinarse; pero no se manifestaría tacaño, eso no; en todo caso sería un usurero decente, un avaro generoso, un agiotista honrado. ¿Cómo había de arreglarse para esto? Él no lo sabía, no tenía plan trazado, nunca lo había tenido; pero ya vendría todo ello a última hora, en el momento preciso, como le sucedía en los complicados problemas de los politicones del Casino. ¿No le habían dicho sus amigos que era «una espontánea inteligencia» la suya? Pues bien; lo mismo que en los negocios comerciales le había ocurrido de comprar, de rematar cargamentos deteriorados y ganar, ganando en todo, así lo dejaría todo a su buena fortuna que siempre le había sacado a flote en sus empresas. ¡Cuántas veces había él entrado en negocios, de los cuales no se dio exacta cuenta hasta que le sorprendieron las ganancias que desde los comienzos presintiera! ¿Y no decían sus amigos que era mucha su perspicacia? Y cuando ellos lo decían... No, nada de usuras; él había cuidado como honrado padre los caudales de su pupilo; pues bien, una vez más sería generoso con él. No le deduciría más que los gastos de sus viajes y las cantidades que ameritasen los recibos de los institutos de educación en que había estado. No le cobraría ni siquiera lo que gastara cuando la enfermedad de los dos hermanos; sí, aquella vez que estuvo Magdalena con el sarampión y Federico después con las viruelas. Más aún; Magdalena no había cumplido todavía su mayoría de edad; faltábanle casi dos años. Pues bien, Magdalena podía disponer de su dinero cuando quisiera. Reservaríase no más, sobre los gastos incurridos, el interusurio que ninguno de ambos podía negarle. Una vez que Federico había hablado de tribunales y había recordado que no le faltaba más que un poco de práctica para ejercer su profesión de abogado, no había para qué pensar en demorar la entrega de aquel depósito. Así quedaba libre... y tal vez podría, como pensó en más de una ocasión, retener para siempre la donación aquella del desconocido heredero.

Todo había quedado al fin en paz. Federico se gastaba alegremente sus dineros en las «jaranitas de arroz con frijoles» —que así llamaban «los despechados excluidos» a los desordenados bailoteos que a puertas cerradas y casi siempre con música de órgano se celebraban, de hombres blancos con mujeres negras y mulatas de la clase libre, muchas de las cuales con orgullo fatuo se decían «ingenuas», por no haber conocido, la esclavitud en las personas de sus padres inmediatos—. El nombre de la bacanal si era gráfico; porque aludían a los frijoles negros, en potaje, que revueltos al comerlos con el arroz cocido en blanco, seco, suelto y mantecoso, constituye un exquisito plato criollo, imprescindible en la mesa vueltabajera.

En aquellas francachelas, generalmente autorizadas con la presencia de uno o más agentes superiores de la policía, derrochaba la juventud acaudalada, las fortunas más o menos mal adquiridas por sus previsores padres, a tiempo que arrastraban por el lodo infeccioso de la degradación colonial, la virtud, la honradez, el porvenir de aquella tan integrante parte del pueblo cubano, a la cual más tarde habría de hacérsele única responsable de las culpas —¡qué digo las culpas!— los crímenes sociales, consciente o inconscientemente perpetrados por todos.

Algunos meses habían pasado ya desde la escena ocurrida en el cuarto de Sofía, entre ésta y el enloquecido Federico Unzúazu. Ahora volvía a sus antiguas zozobras la infortunada muchacha. Y esta vez el contratiempo indicaba una terminación fatal. La pobre esclava no podía resistir la pesadez y el sueño que constantemente la dominaban. No se sentaba a coser sin quedarse adormecida sobre la máquina, despertándose azorada y temerosa al más leve movimiento, levantándose a puro esfuerzo para distraer aquella modorra que cada vez más creciente a su pesar la embargaba. No comía, o comía muy poco, no tenía voluntad para nada; todo le causaba congojosas bascas que la desvanecían y enfermaban hasta impedirle el desempeño de sus faenas ordinarias.

Y esta conducta, y más aún su reciente manía de evitar el frente, andando a menudo casi de lado, y cubriéndose con mal disimulado empeño el vientre, creó terribles sospechas en Ana María, la cual determinó vigilar de cerca a la criada.

No pasaron ignoradas de Sofía las investigadoras miradas de la señora de Nudoso del Tronco, especialmente una tarde que, viniendo del patio la muchacha, al subir los cortos escalones que había para entrar en el comedor, fijase aquélla en la dificultad que experimentaba ésta. Sofía, que había sido siempre una palomita, dulce de genio como viva en sus movimientos, tenía ahora, «un humor de todos los diablos» y estaba «más pesada que una tortuga» según la frase de Ana María. No que le tuviese la señora «mala voluntad a la mulata»; pero si antes de ahora no le había dicho «más de cuatro cosas» fue por no disgustar a Malenita, a quien amaba entrañablemente su hermana, y además «por no dar su brazo a torcer», haciendo buena la inquina que contra la muchacha manifestaba siempre que tenía oportunidad el señor Nudoso, y oportunidad la buscaba él en todo tiempo. Pero ya la cosa «pasaba de castaño oscuro», ya era demasiado.

De pronto, como una ráfaga eléctrica, le cruzó por la mente una idea terrible: el padre de la criatura. Sí, el padre. ¿Quién era el padre? ¿Sería una farsa odiosa aquella tan tremenda aversión de don Acebaldo contra la mulatica?... Un instante, nada más que un instante quiso pensar en ello Ana María. Su imponderable orgullo de casta, de clase, de raza, se sublevó ahogando el primer sentimiento de celos que le calcinó el cerebro. «¡Ella, insultada de tan torpe manera por la desvergüenza infame de su marido!... ¿Le estaría reservado semejante dolor? ¡Ah, si fuera eso... si fuera eso!...» Y aquella dama encantadora, cuyas pasiones jamás habían sido alteradas, si no era por algún que otro deleitoso pensamiento, enteramente íntimo, al hablar con el señor Gonzaga e imaginar «lo que hubiera sucedido si ella hubiese conocido al caballero ocho o diez años antes», desbordáronse con furiosa precipitación, inundando su cerebro de las más tremendas amarguras, tanto más terribles cuanto más firme era su propósito de no dejarse dominar por la martirizadora suposición que se había apoderado de su espíritu. La lucha que en su interior libraban su agigantada soberbia de poderosa señora y sus heridos sentimientos de olvidada y escarnecida esposa, fue atroz, violenta, pero de corta duración.

Cuando se hubo serenado un tanto, pensó en su hermano Federico, y una indescriptible sonrisa de soberano desprecio bañó su rostro oval, hermoso; y su semblante en aquel momento habría sido el más feliz inspirador de un artista que quisiera presentar la marcha majestuosa, imponente, de María Antonieta hacia las gradas de la guillotina.

El cochero de la casa, el mestizo Liberato, andaba siempre retozando con las criadas. Más de una fuerte reprimenda le había costado su atrevimiento con las esclavas, sus compañeras... «¿Sería Liberato el padre de la criatura?... ¡Quién sabe!... ¡Ah, si lo era, bien podían prepararse los dos!» Inmoralidades, desvergüenzas, eso no lo admitiría nunca Ana María. El ejemplo dado con Filomena sería ley eterna en aquella casa en que debía imperar constantemente la moralidad más estricta. En aquel caso había ella desempeñado un papel secundario, había hecho la parte pasiva, ascensora; pero en éste extremaría los rigores, se haría sentir. Había que dar una verdadera lección a toda la servidumbre, que, «de seguir así, caería guarda abajo en la degradación más abyecta».

Después pensó Ana María en que también podía ser alguien de fuera el ignorado padre. Cierto que Sofía no salía a menudo... «Pero Malenita le había dado demasiado cordel a la mulata en aquellos últimos meses.» Todos los domingos se iba de paseo, y aunque llevaba a Julita con ella, también se tardaba ahora más de lo que antes se tardaba. Así lo creía la señora. «¿Quién podía decir a dónde iba?» Y si era así que «tenía sus bureos» por fuera «¡cuánto mayor sería su crimen, por llevar a sus desvergonzadas prácticas a la tierna niña, obligándola a ser más o menos ocular testigo de su desenvoltura!... ¡Ah, la infame!... ¡Sinvergüenza!...».

En el cráneo de la señora de Nudoso del Tronco bullía un mar de fuego. Nunca había pensado tanto, ni tan candentes ideas habían jamás mortificado su plácida existencia. Y mientras tanto, Sofía, no pudiendo soportar el sonrojo que le causara el extraño mirar de su señora, se había escurrido hasta el fondo del traspatio, y encavernándose en su cuarto, se tiró en su catre, y lloró desesperadamente, hundiéndose en la almohada, ahogando allí los sollozos aniquiladores que le arrancaba aquella tortura moral; y decidió enfermarse, sin ningún otro pensamiento ulterior. El objeto era no presentarse donde su señora la viera nuevamente.

Ana María creyó necesario celebrar una entrevista con su hermana Magdalena. «Se lo diría todo.» El castigo debía ser condigno al «abominable crimen» de salir con un hijo una criada, allí donde la criatura puede fácilmente ser hermano o sobrino de sus dueños. En aquella media hora de irreflexivas imaginaciones ¡cuánto había variado el carácter de aquella mujer que siempre había sido suave, apacible, casi indolente!

Magdalena escuchó atentamente cuantas observaciones le relató su hermana. La joven significó sus dudas. Pero Ana María llegó entonces a exasperarse: «¡Claro!, decía, tú estás cieguecita por tu pasión. ¡Miren que es fuerte cosa! Hasta ahora la había tenido constantemente a su lado ¡y no había visto la barriga que tenía la maldita muchacha!». «Barriga, sí, barriga, y bien barrigona», repetía la señora. «¡Dios sabe de quién será!» Pero ella la velaría y lo descubriría todo. ¡No faltaba más sino que todas las criadas salieran de la casa preñadas, sin que se supiera quién era el padre del muchacho! ¡Vaya! Lo de Filomena había pasado adelante; pero lo que era aquello no pasaría, no; de ninguna manera.

Y en tanto Magdalena había ido recogiendo sus ideas, y recordando las idas y venidas de la muchacha, su pesadez, su malestar continuo desde hacía algún tiempo; y sobre todo, lo que verdaderamente le ofendía era la falta de franqueza de su criada. Ella, Malenita, que la quería tanto; ella que la mimaba «como si fuese su hermana»; ella, a quien debía todo su bienestar, no había sido digna de la confianza de la esclava, quien con su «ingratitud» venía a probar «la bajeza de su condición». «¡No podía negar que era negra, aunque su piel fuese casi blanca!»

¡Pobre Sofía! Magdalena, su única protectora, le volvía la espalda. Las rígidas enseñanzas de la educación cuáquera acudieron a su mente para sublevarla más contra la desvalida muchacha. «Para mí ha muerto ya!» había dicho al fin resueltamente, en el colmo de la indignación que sintiera, sin embargo, más que por la falta de Sofía, porque la infeliz se la hubiese ocultado a ella, que «no habría tenido el menor reparo en confiar a su criada predilecta cualquier secreto, aun cuando hubiera sido un caso igual al de que se trataba». Tal pensaba al menos la joven, ahora que no era su situación la que suponía. Quizás llegado el momento, no habría creído lo mismo, a poderlo remediar. Pero así es el mundo. Fuera del peligro se estima fácilmente lo que se habría hecho en la situación de otro que al ajeno juzgar no lo hizo bien.

En esto se hallaban cuando otra criada, trajo un recado de su compañera Sofía para la señorita, diciéndole que se encontraba enferma; que repentinamente le había atacado un dolor, y suplicándole fuese a verla a su cuarto, que deseaba hablarle en particular. Pero la hora era inoportuna. Magdalena, bajo la impresión de su enojo, se negó redondamente y aun le mandó a decir que «nunca más se le pusiera delante».

La desventurada chica derramó un nuevo torrente de lágrimas al recibir esta desoladora respuesta. Más que la suerte penosa que le esperaba, le atormentó la idea de verse despreciada de su joven poseedora, de Malenita, a quien amaba como a cosa propia, de quien jamás pensó lo que se piensa del amo si es esclavo el que piensa.

Sofía quedó, pues, abandonada a su dolor, y preparóse para recibir el castigo, o la serie de castigos que se le vendría encima.

Acercábase ya la hora de comer. Llegó el señor Nudoso del Tronco y se celebró un «consejo de familia» en el que, por razones de prudencia, no debía figurar Federico, en quien, así como en el arrogante mulato cochero, Liberato, había decidido Ana María descargar la tormenta de sus sospechas.

El señor Nudoso declaró enseguida que si se hubiese hecho lo que él en todo tiempo había indicado, no habrían llegado «las desvergüenzas a un extremo tan escandaloso, por tanto consentimiento a la mulata». Lo mismo, dijo, le sucedía con los que figuraban en el Ayuntamiento, que cuando atendían a sus advertencias era regularmente tarde. Por eso «tenía ganas que acabaran de llegar las próximas elecciones, para hacer elegir un personal nuevo que atendiera mejor sus desinteresados consejos...».

Ya se iba engolfando en sus inacabables disquisiciones municipales el caballero; pero Ana María, sumamente impacientada, le atajó, haciéndole entender que aquello «no tenía nada que ver con sus populares benefacciones», y llegaron por fin a un acuerdo: Era imposible que Sofía continuase por más tiempo en la casa, dando «el mal ejemplo de su inmoralidad». «¿Dónde había aprendido ella eso?» Al día siguiente la mandarían de nuevo al ingenio, y esta vez sería peor. Si antes no le habían dado más que unos cuantos cuerazos sueltos, y solo dos veces según ella misma dijo, la metieron en el cepo de la enfermería, lo que ahora le vendría sería más fuerte. Se le darían extraordinarias facultades al nuevo administrador, aquel a quien apellidaron «Mabuya» los negros de la finca.

Don Acebaldo recordó que en ningún archivo había encontrado el asiento que acreditara la servidumbre de Sofía; pensó en la nueva ley de abolición de la esclavitud; entendió que cualquiera imprudencia podría comprometerlos en una cuestión judicial, y había que evitar los tribunales, «que se lo comen a uno por un pie». Si «el padre de la criatura» fuese algún individuo «majadero» ¿no podría tal vez, y sin tal vez, averiguar todo aquello y aparecerse exigiendo la libertad de la muchacha? ¿Y si se le ocurría entablar pleito, una vez que no solo no estaba en los últimos padrones, sino que en ninguno constaba?

Cuando el señor Nudoso del Tronco hizo conocer sus temores, le faltó poco a su encaprichada esposa para llorar, y esto por el súbito temor que le acosó de que «el tremendo crimen» quedara sin castigo. ¿Cómo habían de darle papel de traspaso para que buscase amo? El comprador procuraría cerciorarse de la legalidad de la venta, ahora que por cualquier descuido se perdía un esclavo... lo mejor sería darle un papel cualquiera que ahuyentara a los compradores. Así la mulata volvería a su poder, y nadie se fijaría mucho en lo que después ocurriera, sabiéndose que no había «encontrado amo». El mismo seductor, si era que todavía se acordaba de la muchacha, no pensaría en nada incorrecto; porque ¿cómo había de sugerir dudas una esclava a quien se le había dado un papel legalizado? Y luego, «nada de contemplaciones».

«Al campo.» Y una vez en el ingenio, allí quedaría «para toda su vida».

Todo quedó acordado. Es indecible cuánto se alegró de esta conclusión final el señor Nudoso del Tronco. Le daban amplias facultades para arreglar el asunto; porque las señoras «no tendrían la necesaria energía» para castigar los desafueros de aquella «perra mal agradecida». Todo estaba decidido.

Más tarde, cuando llegó Federico, se escamó al no ver a Sofía sirviendo la mesa. Pero no preguntó una palabra a nadie, proponiéndose observar los movimientos de todos hasta lograr enterarse de lo que ocurría, que debía ser algo serio, a juzgar por el absoluto silencio que reinó en la mesa, y el más a menos alargado rostro que tenían todos aquella noche. Pasada la comida Federico se dispuso a salir, esperando todavía que al marcharse le dijese alguna cosa su hermana Magdalena, que era generalmente «su correo» en las tempestades de familia; pero «se quedó con el gasto hecho». Nadie le dijo nada. Y se marchó el joven. Mas, no bien habían dado las diez cuando con gran sorpresa de Galaico Castiñeira, el portero, entró Federico y se encerró en su alcoba.

El silencio de la casa indicaba que «todo el mundo dormía». Federico esperó una hora más. Después abrióse cautelosamente la puerta de su aposento, deslizóse un bulto que con la oscuridad se confundía, dirigióse al fondo, y acercóse al cuarto de Sofía. No hizo más el joven que rascar con las uñas en la madera y cedió la puerta. Pero como estaba tan oscuro allá adentro, no se sabe si Sofía se arrojó a los brazos de su amo y amante, rebosando de cariñosa complacencia por verle a su lado; pero lo que sí pudo oírse fueron los sollozos y lamentos de la muchacha, en amortiguado dúo con las frases de consuelo y, a no dudarlo, de esperanzas sin cuento y promesas infinitas del victorioso «tenorio de zaguán».

Por la mañana temprano, antes que se levantase nadie, o por lo menos antes que se viera a ninguno de la familia fuera de sus dormitorios, encontrábase el señor Nudoso del Tronco tomando su café, en el cual echaba siempre una copita de anisado. Don Acebaldo hizo llamar a Sofía. Poco después apareció ésta triste, cabizbaja, dominada por el peso aniquilador que la oprimía desde que la tarde anterior recibiera el recado de Magdalena. El rudo politicastro, que odiaba instintivamente a la muchacha, no se detuvo ante ninguna consideración. Antes de entregar a la desventurada el papel-licencia para buscar nuevo amo, la increpó con la dureza más repugnante, cubriéndola de perrerías, allí que no había persona alguna que le contuviera en su lenguaje desvergonzado, indecente. Incitábala a que le replicase siquiera con la vista para injuriarla más efectivamente y aun pegarle, que era la que ahora ya excitado deseaba el salvaje; porque don Acebaldo era de un natural cruel e injusto, y roñoso como estaba siempre por su insaciabilidad de riquezas, que cubrieran el imborrable sello selvático que le imprimiera la rusticidad de las montañas en que nació y pasó sus primeros días, y por su ambicionada representación de poder público, juntamente con sus desavenencias conyugales, desahogaba a menudo sus iras contra los infelices esclavos, ya que no se atrevía a declararse en agresión abierta contra su esposa ni sus familiares, en quienes respetaba la superioridad que a su pensar tenían por la posesión del dinero que a él le esclavizaba.

Repetidas veces insinuó a la acosada muchacha los nombres de Federico y del cochero Liberato, para confirmar sus acentuadas sospechas sobre aquellos funestos amoríos; pero Sofía lo haría todo menos contestar una palabra a nadie en una disputa que se la provocase —y, desde luego, no era cosa de ponerse en altercado con su amo; y sobre todo ¿cómo iba ella a decirle que era Federico el padre de la criatura que en aquel instante mismo le golpeaba el vientre? No. Por nada del mundo haría esto la joven.

El señor Nudoso del Tronco habría querido mejor hacer salir impulsada por un puntapié pero se contentó despidiéndola con las más brutales injurias que acertó a proferir.

Sofía no había contestado una sola palabra a su amo durante sus tremendas amenazas, es cierto; pero estuvo a punto de estallar, víctima de la agitación nerviosa que la anonadaba. ¡Infeliz! Su cerebro era un torbellino; la confusión y la angustia casi le volvieron el juicio. Desde las primeras frases de su brutal instigador no oyó más que el tenaz martilleo que atrozmente le destrozaba el cráneo después de haberle lacerado el corazón, sumiéndola en insostenible martirio. De sus hermosos ojos de inconsolable Dolorosa corrían en abundante afluencia las lágrimas, que de no salir la ahogaran, arrancándole aquella vida que, miserable y todo, sería reclamada en breve por una inocente criatura destinada tal vez al tormento de la infamia.

Oyó que le dijeron: «¡Lárgate!» y, como objeto sin voluntad propia, se lanzó a la puerta de la calle sin plan ni dirección, alejándose precipitadamente, a la ventura, sin darse cuenta ni siquiera del papel que en la mano llevaba. Y así anduvo desconcertada, errante. ¿Qué sabía ella? «¡Lárgate!» le habían dicho, y había salido para cumplir el mandato, y porque la asfixiaba la atmósfera de su antigua casa, la casa de sus amos. Para cuando pensó en algo, fijamente, estaba en una plaza a la cual daba frente una iglesia. Vio algunos bancos de hierro labrado con cierta pretensión artística, muchos laureles y alguno que otro flamboyán que rodeaban el parque; y sin pensar más que en el cansancio se dejó caer en un asiento. Serenóse luego un tanto y fue armándose de valor. No debía abandonarse al sufrimiento. Un fuerte salto que en el vientre le dio la criatura le recordó que aún no se había desayunado. Entonces pensó en el lugar en que se encontraba. Miró a uno y otro lado, y reconoció que era aquella la plaza de la iglesia del Barrio Viejo. Sí; varias veces había venido por allí, especialmente a ver las procesiones del patrono. Pero ¿cómo, cuándo, por dónde había venido hasta allí? El Barrio Viejo se encontraba en lo más apartado de la ciudad. Sofía no recordaba nada ni sabía qué camino había traído. La criatura vino a recordarle nuevamente la realidad de la existencia. ¡Ah! Debía mirar por sí ya que no tardaría en tener la nueva obligación de atender a otro ser cuya vida dependería de su cordura. Y al mismo tiempo se acordó del papel que aún tenía en la mano, y lo leyó detenidamente. Entonces se dispuso a hacer algo.

Tenía hambre ¿qué comería? Y sobre todo ¿con qué pagaría su desayuno? Sofía tenía 5 pesos que le había regalado su amita, Malenita, «cuando Malenita era buena con ella» y no le había dicho que «nunca más se le pusiera delante». Pero el dinero se había quedado en un cofrecito, allá, en su dormitorio. Y Sofía no volvería más a aquella casa. Su nuevo amo iría a entenderse con sus vendedores. Y aquí otra vez derramó gran parte del tormentoso mar de lágrimas que a menudo se desbordaba por sus ojos hermosísimos.

Después de un rato, en el que procuró pensar en algo sin conseguirlo, se levantó, apretóse a la barba la pequeña manta que se había echado a la cabeza, encomendóse a la Santa de su devoción, Nuestra Señora de la Buena Nueva, y echó a andar. ¿A dónde se dirigiría? Tomó por la primera calle que tenía a su frente, y después de andar bastante se encontró en campo abierto... «¡Horror!... ¡El campo!...» Y se representó en su imaginación cuanto en el ingenio sufriera y viera sufrir a los demás durante sus tiernos años de destierro. Volvióse hacia su izquierda e internóse en la población por una calle solitaria, estrecha, sucia. Luego fue encontrando otras calles y otras de pobre aspecto, pero más cuidadas, limpias, que acusaban moradores menos destituidos, más en armonía con la civilización.

Sofía comenzaba a sentir los punzantes aguijonazos del estómago ya impaciente al ver el olvido en que se le iniciaba. Y la criatura que en el vientre llevaba la aturdida joven no cesaba de golpear en las paredes de su habitación, como pidiendo auxilio a los moradores de afuera, seguramente desesperada por el abandono en que la querían dejar. Y ahora que se dio a pensar en ella, el hambre mortificaba a Sofía de una manera implacable. Comer, sí, esto era lo que necesitaba, pues que iban a dar o habían dado ya las doce, sin haber probado un solo bocado. ¿Pero qué había de comer si no tenía dinero?...

Mientras tanto Sofía no cesaba de andar. Caminaba sin rumbo y acaso habría permanecido caminando hasta que la hubiesen abandonado las fuerzas, si un caballero que pasó junta a ella no la hubiese detenido con una exclamación.

—¿Tú por aquí, muchacha? —dijo el hombre.

—¡Ah, don Eladislao! —dijo sorprendida Sofía.

Interrogóla el señor Gonzaga, extrañándole el que tan apartada de la vivienda de sus amos anduviese aquella muchacha a quien sabía él muy bien que no la enviaban a recados callejeros. Sofía explicó su situación, derramando las lágrimas que humedecían todas sus desgracias, y el caballero le dijo que le siguiera hasta cerca de allí que estaba su casa, y su señora la atendería por el momento.

La buena señora de Gonzaga experimentó una mezcla de sufrimiento y de placer con la ligera relación que de su infortunio hiciera la joven esclava. América miraba a su esposo y a la muchacha alternativamente, como preguntándose: «¿Y ahora qué hacemos?». Pero el señor Gonzaga lo había pensado ya, y dijo:

—Puesto que esta muchacha no quiere volver a su casa mientras no haya encontrado colocación ¿no te parece América, que se quede aquí por el tiempo necesario?...

América, que no tenía más voluntad que la de su marido, y que además poseía «un corazón de oro», creyó que no debía pensarse en otra cosa.

Sofía, no obstante, no había dicho nada de su estado. Habló de las acusaciones de amoríos que se le habían hecho; pero hablaba de todo con tan acendrado sentimiento de dolor, que ni la señora de Gonzaga ni éste pensaron en interrogarle sobre el fundamento de tales acusaciones. ¿Cómo iban a preguntar esto aquellas buenas gentes, de sano juicio, que más de una vez habían aquilatado la desmoralización de un sistema que no podía producir otro fruto que la inmoralidad de la familia y la desorganización social? No, a ellos no les importaba la culpabilidad de la esclava. Había sufrido mucho al ser despedida de una manera brutal, esto la había sonrojado al extremo de no querer volver ni a dormir siquiera a la casa de sus amos, contra los cuales, habían notado, no lanzaba Sofía ni siquiera una palabra dura. Había hablado de sus pesadumbres, pero solo se lamentaba de su infortunio. Todo esto le hacía palpable a Eladislao que la desgraciada esclava poseía buenos sentimientos, y creía honradamente que no debían él ni su esposa contribuir a su perdición dejándola abandonada mientras buscaba comprador.

El señor Gonzaga pensó en las dos hermanas, y juzgó de cruel en demasía la violencia empleada con aquella pobre esclavita de quien tantos elogios le habían hecho siempre; y luego pensó en que todo debía ser obra de don Acebaldo. Pero en esto no anduvo muy exacto el caballero. Don Acebaldo en aquel asunto no había sido más que el instrumento, bien que extremando con placer el rigor que se le había indicado. Eladislao pidió entonces a Sofía el papel que le diera su amo.

—¡Ay, señor! piden tanto dinero por una, que da miedo solo el pensarlo...

Y metiéndose dos dedos por entre la chambra que sobre el canesú llevaba, sacó, el papel. ¡Cosa rara! Las muchachas guardan en el seno únicamente los billetes amorosos... cuando son favorecidos.

El señor Gonzaga leyó el papel-licencia.

—¡Mil trescientos pesos, libres de costas! ¡Esto es una barbaridad!

—Si yo lo decía; es muy caro... —balbuceó la pobrecilla, con el más puro candor.

—No, hija mía, no —replicó dulcemente el señor Gonzaga—; nunca será bastante lo que se pague por los seres racionales —que no tiene precio monetario el individuo humano—. Pero el señor Nudoso del Tronco debió tener en cuenta lo que sin duda ha olvidado. El precio de la manumisión está ya decretado por el gobierno, y dista muy mucho de la pretendida suma. La cantidad que este documento expresa es nula. Y así te aconsejo, ya que no quieres volver a ver a tus... quiero decir, a don Acebaldo, te ocupes, al encontrar... quien te admita, de advertirle que el precio no puede ser otro que el que marca la ley... ¡Vaya, vaya! De ese modo no encontrarías quien te... quien te aceptara.

El señor Gonzaga experimentaba una gran repugnancia siempre que tenía que significar el absurdo de la servidumbre humana. El hábito general le llevaba siempre a la clasificación sancionada por la sociedad indiferente; pero al hablar con un esclavo imaginaba aquel hombre de exquisitos sentimientos, que le infería un agravio recordándole su triste y forzada condición. Por eso tartamudeaba al llegar a este punto, hablando con Sofía, a quien en mayor grado compadecía por verla tan humilde, tan blanca —cosa que a pesar de los rectos principios de Eladislao, no era más que los inevitables resquicios de las preocupaciones dominantes—; tal como sucede a ciertos ateos que juran «por la virgen» para probar que «no creen en Dios». Estos modernos librepensadores no se dan cuenta de su contradicción, como no se la daba Eladislao al tutear a Sofía... ¿Habríala tuteado si ignorase su pobre estado social?

Y es que él era —como son aquéllos, los librepensadores— el punto en que la idea comienza a significar su poderío en una nueva manifestación, la iniciación de una etapa reformadora que ha de dar un aspecto distinto, un carácter diverso a la sociedad existente.

Eladislao devolvió a la joven el papel, y ésta lo guardó entonces en el bolsillo de su túnica. Diríase que respiraba con más facilidad no teniéndolo en el seno.

Convínose en que la muchacha saldría a buscar amo, y mientras durase la licencia comería y dormiría en casa del señor Gonzaga. Pero a Eladislao le chocó la maldad que revelaba aquel documento. Parecíale que había sido hecho solo para cubrir las formas y retener a la esclava para castigarla inconsideradamente quizás por injustos resentimientos. Y pensando en esto se propuso auxiliar en lo que pudiere a la muchacha, sin hacerse notar demasiado. Decidió, pues, ir por la noche a casa de la familia Nudoso-Unzúazu y enterarse, si era posible, de cuanto había ocurrido para motivar aquella conclusión. Nada preguntaría directamente; pero procuraría saber algo, si no todo lo sucedido.

VIII

Aquella noche notó el señor Gonzaga cierta tirantez en la familia Nudoso-Unzúazu. Ya desde algún tiempo atrás venía entendiendo un ligero desvío en Ana María, si bien ésta le trataba siempre con intachable cortesía; pero Eladislao sentía distintamente el enfriamiento que respecto de él se había operado en la señora de Nudoso del Tronco. Y al mismo tiempo se le iba comunicando al joven caballero el fuego creciente que por notables grados prosperaba en los sentimientos que se manifestaban en Magdalena. Más de una vez había pensado en esto el señor Gonzaga. ¿Era que Malenita le amaba en secreto? ¿Y la hermosa Ana María, su hermana, la ostentosa señora de Nudoso del Tronco amábale a su vez, y en vista del afecto que en su joven hermana se desarrollaba, sentíase celosa, y se encerraba en un mutismo hasta cierto punto mortificante a veces? Bien claro se le representaba todo a Eladislao en su mundana experiencia. Pero él no era de esos tipos fatuos que se imaginan amados de todas las mujeres. Y cuando le asaltaba alguna idea tendente a la convicción de estimarse el objeto deseado por ambas hermanas, negábase a sí propio la evidencia y achacábalo a la nobleza de alma de sus amigas, a su esmerada educación; y, en último caso, si amor era ¿de qué valía el raciocinio? ¿Era que entre personas educadas no habían de tenerse en cuenta las exigencias morales, las conveniencias de la sociedad ilustrada? Cierto que Magdalena tendía a monopolizar sus visitas; pero ¿no sería el efecto de un puro sentimiento de amistad, de simpatía por la unidad de pensamientos que en todos los casos se notaban entre él y la entendida joven? Dos hombres pueden apreciarse hasta el colmo —¿por qué no ha de suceder lo mismo entre un hombre y una mujer?—. Y así insensiblemente habíanse aficionado a tal extremo Magdalena y Eladislao, que éste se había convertido en árbitro de las acciones de la joven. Magdalena comunicaba al señor Gonzaga sus impresiones, sus gustos, sus deseos y aun le consultaba sobre ciertos compromisos sociales; y la opinión que manifestara el consultado era espontáneamente aceptada por la consultante. Y Eladislao llegó a ser necesario a Magdalena. Y las visitas de confianza fuéronse menudeando, y cuando solo iba dos veces por semana el caballero, reñíale cariñosamente su amiga, y al despedirse le arrancaba la promesa de volver al día siguiente. Y él volvía. Una vez llegó a temer Eladislao las hablillas del vulgo. Pero ¿no ocurrían las honestas conversaciones de los dos amigos en presencia de todos? ¿No acusaba el franco timbre de la voz de su amiguita, la llaneza de su trato, la sinceridad de su amistoso afecto? ¡Los chismosos!... ¿Acaso necesitaban los chismosos que les dieran motivos para sus habladurías? ¿Por qué habían de preocuparle entonces?

El señor Gonzaga deseaba conocer los detalles de la expulsión de Sofía. Este era el objeto esencial de su visita aquella noche. Y abordó el asunto, aprovechando la oportunidad que le ofrecía la ausencia de la muchacha en el servicio interior de la casa.

—¿Qué le ocurre a Sofía? —preguntó, viendo que la negrita María de Jesús estaba en el comedor con Julita, la cual se negaba a que ella la durmiese.

—Está medio mala —respondió Magdalena sin mirar de frente al caballero, como para ocultar el rubor que le causaba mentir.

Eladislao la miró fijamente. Magdalena se turbó.

—Yo le diré todo lo que ocurre —agregó luego en voz tan baja que solo el caballero la oyó.

Magdalena pensó que Eladislao sabía algo de lo que pasaba. Pero ¿por qué no habló ahora la señorita con la franqueza con que siempre lo hacía?

Julia seguía batallando y clamando por Sofía, y su madre fue a contentarla.

Por algunos instantes quedaron solos los jóvenes, y Malenita en dos palabras se lo dijo todo.

El señor Gonzaga quedó un momento pensativo. Al fin le interrogó:

—¿Y dónde está ahora esa pobre muchacha?

Magdalena se encogió de hombros, contestando así que lo ignoraba, y después agregó a media voz: «No ha venido todavía desde esta mañana». Y entonces comenzó una lucha interior en la buena joven. Eladislao había dicho: «la pobre muchacha», y en el tono de su voz se notaba más aún que se lastimaba de su estado. ¿No era pues evidente que Magdalena había cometido una mala acción? ¿Cómo deshacer ahora la parte que ella había tomado en el cruel tratamiento de la esclava? ¡Ah, si lo supiera Gonzaga! ¿Qué concepto había de formar de ella?

—Pues bien —dijo Eladislao al cabo de un corto rato—, Sofía está en casa. La encontré en la calle esta mañana casi loca, la infeliz. Y el dolor que más le apena es que, según dice, usted la abandona.

¡Cuánto sufrió al oír esto Magdalena! ¿Es decir que ella había hecho todo lo contrario de lo que hubiera aconsejado Eladislao? Él tenía a la esclava en su casa, la había recogido en medio del arroyo, casi loca, medio muerta de hambre, con una criatura en el seno, sin esperanza de poder alimentarse para alimentarla, con la perspectiva de un terrible castigo por su falta... por haber tenido un amante... por haber concebido un hijo... Y todo esto ¿qué mal traía en sí? ¿No era una cosa la más natural? «¡Ah, sí! He sido cruel, he sido mala», pensaba la joven; y luego, para disculparse, concluía su callado silogismo diciéndose: «Pero ella no debía tener secretos para mí. ¿Por qué me lo ocultó?»...

Cuando una hora después salía Gonzaga, llevaba el convencimiento de que su visita había influido mucho en la situación de Sofía; pero se propuso no decirle una palabra de ello. Por su parte Magdalena se había quedado sumamente preocupada. Tarde, muy tarde se quedó dormida aquella noche. Y todas sus cavilaciones venían a parar en la rivalidad caritativa que se le figuraba respecto de la esposa de Eladislao. Aquélla tenía en su casa a la esclava, la había amparado, tal vez le había prodigado cariños, cariños que habrían provocado las caricias de su esposo, quien la habría abrazado, besado, complacido por su buen comportamiento ¿cómo no? «¡él que era tan bondadoso, que poseía sentimientos tan puros, tan nobles!». Y luego, a tiempo que derramaba celosas y contrariadas lágrimas, decía: «¡Claro está! Ella es su esposa... vive a su lado... ¿cómo no ha de saber agradarle?»...

Al fin pasaron los tres días que a Sofía le señalaba su licencia para buscar amo. Las frases de consuelo que le prodigaba América no bastaban a calmar la ansiedad de la afligida muchacha. ¿Cómo era posible? No; lo que más le atormentaba era el peso de su culpa moral. ¿Qué haría por ella Federico? No le había visto desde el día que salió de su casa. Pero él debía saber todo lo que pasaba. Ella no se había acercado por la morada de sus amos, temerosa de ser vista. Y no sabía dónde poder encontrar al padre de la criatura para saber lo que de él podía esperar en tan doloroso trance. Y todo aumentaba la confusión de la desventurada muchacha.

Había corrido todas las calles de la población. Nadie quería comprar esclavos que ya «no eran esclavos». Al principio había tenido miedo. Veía un señor que pasaba, hacía propósito de inquirir; pero al llegar a él variaba de idea, seguía de largo sin mirarle siquiera. Alguno le decía una flor, y entonces le brotaban en la faz dos rosas que coloreaban sus mejillas pálidas, enfermizas por el insomnio y el continuo llanto. Luego se había decidido a ofrecerse en todas las casas. Llegó a una puerta, llamó, salió un chino grueso, casi desnudo, con su larga cachimba en la boca, despidiendo un nauseabundo olor de tabaco rezumado y apestoso a opio. Al oír la pretensión de la joven, díjole el asiático, alegrado y guillándole los ojos:

—No, no quiele clavo ¿tú quiele pa mujé?

Pero Sofía huyó despavorida, prometiéndose no ofrecerse más que en aquellas casas que por su aspecto demostraran su riqueza. Y ahora se encontraba en el mismo riñón de la ciudad. En una casa le salió una vieja gruñona, seca coma un güin de papalote.

—No, no —díjole con rajada voz, después de haber leído el papel— para señorita basta con mi niña.

Y era la niña una mocetona gordinfluda que había tenido tres novios de volina, y había jurado al perder el último, que lo que era el cuarto no le consentiría ciertos cabeceos, para así conservarle empinado hasta que llegasen a una solución conveniente.

Más adelante vio Sofía una casa muy grande.

—Aquí debe vivir gente rica —pensó.

Y allá se dirigió la mercancía andante.

—Señor —dijo al primero que encontró—, usté perdone... ando en busca de quien desee comprar una criada para el servicio interior y costura... Si usté pudiera indicarme...

—¡Oh, sí, señora... o señorita... que, como no tengo el honor del...

Y viendo que Sofía nada contestaba a sus vacilaciones respecto del tratamiento, continuó:

—Aquí hay una señora que acaba de llegar y acaso podrían ustedes entenderse... Tenga usted la bondad de pasar adelante; voy a guiar a usted hasta su habitación.

El departamento que atravesaron era una vasta pieza en que había multitud de mesas preparadas para comidas y en cada mesa cuatro sillas con sus correspondientes servicios. Era un hotel privado, una casa de huéspedes en la cual con claustral recogimiento saboreábanse exquisitos manjares y se hospedaban más o menos licenciosamente todas las categorías.

La señora ante quien quedó de pie Sofía representaba tener unos cuarenta años. Su porte no acababa de ser todo lo distinguido que afectaban sus adornos un tanto extremados. Su rostro acusaba una vejez prematura; sus ojos tenían la mortecina vivacidad de la disipación refrenada, e indicaban sus pausados movimientos algo de la majestad ridícula que se imponen las gentes ineducadas en su empeño de ocupar una posición superior a la en que se han desarrollado.

Hacía solo dos días que llegara, según dijo, de Nueva Orleáns. El nombre que asentó en el hotel fue el de «Viuda de Mendoza», y le acompañaba un joven de pequeña estatura, seco, pálido-verdoso como las aguas del Mississippí, y cuya edad parecía ser de veinticinco a treinta años. De matrimonios de mozos como éste y señoritas como las que, atrofiadas por la neurosis y la anemia en nuestra sociedad suelen simbolizar el buen tono y el aristocrático linaje, resulta esa generación raquítica de niños tullidos, tuberculosos, moribundos desde la cuna, y que, a no ser por el favorable sesgo que en los últimos años ha tomado la juventud criolla en sus divertimientos —aunque éstos poco harán si no procura mejorar sus hábitos— crearía en solo cuatro a cinco lustros una raza cuya degeneración acarrearía la disolución social más completa.

Había encargado la señora en la oficina del establecimiento, que le avisasen de alguna criada que deseara colocarse, a bien estuviese de venta; porque, como manifestó, deseaba residir en la ciudad. Todo esto daba cierta respetabilidad a la desconocida señora.

La viuda de Mendoza recibió a Sofía con extremada amabilidad y le ofreció su asiento, el cual aceptó la joven después de los escrúpulos naturales en ella que jamás se había visto de tal manera favorecida.

—¿Busca usté, señorita, quien compre una criada? —dijo la señora, procurando suavizar su voz, usando las más escogidas frases que recordaba de un repertorio que a gritos denunciaba el fraude. Pero Sofía carecía de experiencia social, y se contentó la infeliz con hacer un signo afirmativo, moviendo la cabeza.

—Bien, muy bien; no tenga usté coltedá colmigo, que soy una mujel como usté, no; hablemos, y si me conviene tendré mucho gusto en sel la compradora. Había mandado ya a publicar un aviso en el periódico, pidiendo una criada. Yo quiera una mulatica, de pelo, que no sea fea, más bien bonita; presumida en el vestil; de cararte suave y que no pase de los veintisinco años.

¿Qué me dice usté? ¿Tiene usté lo que yo deseo?...

Sofía quiso responder y no pudo. El llanto ahogaba sus palabras. La señora le interrogó:

—¿Por qué llora, usté, mujel? ¿Se ha puesto usté mala?

—No, señora —balbuceó Sofía—; es que... que yo no soy quien vende la esclava...

—Bueno, hija mía, bueno. ¿Qué le vamos a hasel? Pero no se debe yoral por eso. ¿Es usté parienta o amiga de los dueños de la esclava? Deme algunos pormenores, y en caso de...

—No, señora, es que la esclava... la esclava soy yo...

La sorpresa de la señora no tuvo límites.

—¡Cómo! —exclamó—. ¿Usté la esclava? ¿Dijo usté éso?

—Sí, señora —contestó anegada en lágrimas la muchacha—; yo soy la esclava...

—¿E-e-eh?... ¡Bendito sea Dios!... Pero hija mía, si tú eres casi blanca...

Y, luego mirándola detenidamente decía a media voz: «¡Santa víljen! ¡Y tan bonita! ¡Tan blanca! ¡Si engaña a cuarquiera!».

—¿Cuántos años tienes tú? —le preguntó.

—Diecinueve —respondió la muchacha, y sacó al papel, dándoselo a la señora. Ésta lo tomó, pero no lo desdobló.

—¿Y cuánto piden por ti? —volvió a preguntar la señora.

—Mil seiscientos pesos —repuso la joven, añadiendo—: Todo está en ese papel; la señora puede leerlo y enterarse...

—No —dijo la viuda—, ahora no tengo aquí mis lentes... lo leeré luego... pero eso es mucho dinero... sin embalgo... cuando venga Chicho lo veremos todo.

La señora miraba a Sofía y sonreía ligeramente, como agradada de la mercancía.

—No impolta —dijo a poco—. Yo creo que te compraré... ¿Cómo se llama tu amo?

—Yo no sé cuál de los de casa es mi amo; pero el caballero se llama don Acebaldo Nudoso del Tronco.

—¡Caramba! Eso es como nombre de conde o de malqués. No en barde piden tanto dinero...

—No, señora, él no es marqués ni conde, tiene unos almacenes de azúcar y...

—¿No lo dije? Esos son los prénsipes der dinero... De todos modos, me convienes y te compraré. Dile a tu amo que venga acá esta talde a las sinco o a las seis, que me parece que nos entenderemos.

—Está bien, señora —respondió Sofía, que en su vida había osado dar otra contestación. Y se levantó despidiéndose.

La llamada viuda de Mendoza la observaba minuciosamente, y cuando ya iba cerca de la puerta la llamó, y sin más finuras, hablando ya en su habitual lenguaje, díjole:

—Y dime ¿tú nunca has tenío marío?

—Señora —tartamudeó Sofía, bajando la cabeza avergonzada.

—Vamos, muchacha ¿eso es argún delito? A tu edá y siendo bonita, polque tú eres bonita, eso es lo único en que se piensa. ¿Tus amitos no te han manoseao? ¿Tus compañeros no te han?... Vamos, habla, polque yo tengo que sabel todo eso. ¿Tú no has tenío ningún querío? ¿No has tenío que vel con ningún hombre?...

Sofía creyó que de todas las groserías de aquella mujer resultaría, si le dijera la verdad, que se quedaría ella sin compradora.

—Yo no, señora —dijo sin levantar la cabeza, para que no le conociera la viuda que mentía.

Pero ¿cómo decir otra cosa, temiendo ser desechada, y prefiriéndolo todo, como lo prefería, antes que volver a casa de sus amos?

—¡Vaya, vaya! ¿Y pa desil eso tantos remirgos y espavientos, muchacha? Anda ve, anda, avísale a tu amo que ya tienes quien te compre.

Y la muchacha salió triste, arrepentida de haber encontrado amo; porque le disgustaba grandemente aquella mujer, a quien al principio de la entrevista estimó como una buena señora. Parecíale ahora que empeoraba en el cambio. La mujer aquella había variado súbito de carácter en cuanto supo que Sofía era la esclava que se vendía en vez de la ama vendedora que había creído al principio. Habíale echado unas miradas tan extrañas que la joven se asustó. ¿Cómo se conduciría la señora una vez que la tuviera en su poder? Ganas entrábanle a Sofía de no volver a la casa; pero la señora se había quedado con el papel... y ya pensaba en ir a pedírselo con cualquier pretexto, cuando oyó pasos detrás de ella. Ensimismada habíase detenido en medio de la acera, y aquellos pasos la sacaron de su abstracción, y echó a andar. Entonces oyó una voz que le heló la sangre. Llamábanla por su nombre, pero ella no se atrevió ni a volver la vista. Apretó el paso, y lo apretó también el que la seguía. Ya no había duda. Sofía corrió entonces, y a su vez corrió su perseguidor. A poco la alcanzó, púsole una mano en el hombro, la agarró fuertemente por un brazo, tiró de ella, y cayó la infeliz, de rodillas, exclamando angustiada:

—¡Perdón, señor, perdón!

—¡Ah, perra! ¡Te voy a descuartizar! ¿Por qué corrías, bribonaza? ¿Por qué huías, cachimbona? ¿Todavía no has encontrado amo?

—No, señor... quiero decir, sí, señor; he encontrado una señora que me comprará; acaba de decírmelo, y yo iba ahora...

—¡Mientes, cachorra, mientes! ¿A ver el papel?

—Digo la verdad, señor; el papel lo tiene esa señora...

—Sí ¿eh? ¿Y cómo se llama esa señora?

—Se llama... ¡ay, señor! yo no sé cómo se llama; no se lo he preguntado; pero el señor mismo puede preguntárselo. Es aquí cerquita...

—Sí, sí; ya lo veo. Por eso corrías, para alejarte ¿eh? ¡Ya te contaré yo los poros del cuerpo, parejera!, ¡cimarrona!...

La gente se iba aglomerando. Todos los que por allí transitaban iban deteniéndose, y ya empezaban a formar círculo en derredor de Sofía y del señor Nudoso del Tronco.

Don Acebaldo había de un tirón hecho poner de pie a Sofía. Pasaba un coche de alquiler. El señor Nudoso vio en él la salvación. Hízolo detener; de un empujón metió a Sofía, entró él tras ella; y evadió la muchedumbre. El vehículo echó a andar y desapareció.

Los que se habían reunido a ver qué pasaba, se miraron unos a otros como preguntándose qué había sido aquello; pero unos se encogían de hombros y seguían su camino, mientras otros guiñaban un ojo con expresión picaresca, y echaban a andar sonriendo con maliciosa intención.

Un señor algo pelicano, aunque de currutaco porte, dijo, con frase de calaverón experimentado:

—¡Bah! De eso he visto yo mucho. Ésta es «una» que no habrá sido del todo fiel a su marido. ¡Psche! Esto es vulgarísimo —y se alejó molineando su delgada caña de puño de oro.

Un astur que había detenido su carretón allí cerca, dijo, haciendo una mueca que juzgó inteligente:

—Paréceme que la conozco. Debe ser su querida —y dando un latigazo a su compañera de trabajos, arrancó ésta a la carrera acompañando con los cascos al otro que cantaba con voz muy mala, pero con notable desentono, la patriótica expansión de aquellos tiempos:

> Cuba será española
> Que quiera que no,
> España, España de mi corazón,
> España, España de mi co-ra-zó-o-ó-n.

terminando con un calderón horrible y desastrosamente sostenido.

Al llegar el coche a la puerta de la casa, el portero se puso de pie, dejando a medio liar un cigarrillo de papel, en cuya manufactura se agenciaba algunos pesos, los cuales agregaba el farruco a su salario; y llevándose la mano a la gorra estuvo, cabeza descubierta, hasta que pasó su amo detrás de Sofía.

—¡Váljame San Pedru! —pensó Castiñeira—, y qué cara más avinajrada. trái el amu! Y la pobreciña de Sufía, a pocu más si se moere de miedu la chiquilla. ¡Pues si está fraca comu una espiga! ¡Y ésu en tres días no más que falta de casa!... ¡Cá! si ésu es dichu: el ogo del amu aína engorda al caballu.

Y mientras esto pensaba, reasumía su obra y seguía enrollando sus cigarrillos aquel tipo, cuya limitada inteligencia no empañaba la claridad de sus cálculos para unir a una peseta otra peseta.

Cuando Sofía llegó, conducida por su amo, a presencia de su señora, creyóse la infeliz esclava en el último trance de su penosa existencia. ¡Desgraciada! Su sencilla timidez, su cándida naturaleza contribuía en mucho a su cruento sacrificio.

—¿Dónde has encontrado a ésa? —preguntó a su marido la señora de Nudoso.

—Bien puedes suponerlo —contestó éste—. Recreándose por las calles, exhibiendo su infamia y desacreditando nuestro nombre. ¡Pelleja!

—Señora... —dijo en tono suplicante Sofía.

—¡Silencio, cachorra! —tronó el señor Nudoso del Tronco.

La muchacha se quedó sobrecogida de espanto, temblorosa y pálida como si estuviera atacada de una congoja de muerte. La misma Ana María se asustó con aquel grito salvaje, fiel expositor del temperamento del «desinteresado benefactor público». Casi podría decirse que él mismo se avergonzó de su ridícula severidad; porque sin más palabra, impulsada por el despecho, al ver que con su humilde silencio moralmente le vencía la esclava, se lanzó como un tigre sobre su víctima, y tomándola por el antebrazo izquierdo la arrastró hacia el interior de la casa.

—¡Por la memoria del amo viejo, niña; no deje que me encierren, señora! Yo encontré ama, niña Nanía; yo no he hecho nada malo a nadie... ¡ay, Dios santo! ¡Niña!... ¡señorita!... ¡No me encierre, señor!

Pero la bestia excitada no atendió a ninguna súplica. Llevóla a tirones hasta el fondo, y con tal fiereza la impulsó hacia dentro, que la pobrecita fue a caer de espaldas contra unos muebles viejos que se hallaban junto a la pared del frente.

El señor Nudoso cerró, llevándose la llave que guardó en un bolsillo, Ana María lloraba en silencio; porque la señora no tenía mal corazón, y había visto crecer al lado de sus hermanas a la maltratada mozuela, objeto siempre de las iras de su esposo. Y otra vez volvió a sus preocupaciones, y tornó a pensar en que acaso el odio de su marido contra la esclava era motivado por alguna negativa de ella a deshonestos deseos de don Acebaldo. Pero no había razón para este pensamiento; porque desde que Sofía tenía seis u ocho años había manifestado aquel hombre su aversión contra ella.

Nada más pasó en aquel día, digno de mencionarse. Federico vino, como de costumbre, tarde; pero no se dirigió directamente como otras veces, a su aposento, sino que cuchicheó con el portero, quien a su vez le relató lo que sabía; esto es, que «el amu había tráidu a Sufía y la cundanada estaba en espiche de pura murriña».

Tiempo hacía ya que Federico venía esquivando el bulto en su casa, temeroso de venderse en su complicidad con Sofía; pero cuando ocurrió la expulsión de la muchacha creció su desvío, y no se le había visto más que dos veces en la mesa de la comida; y para disculparse hízose el empeñado en su práctica profesional en el bufete de un acreditado compañero suyo. Allá pasaba las horas hábiles del día, pensando a menudo en lo que resultaría de todo aquel lío de «la torpe esclava». ¡Claro! Él no había tenido una intención dogmática. ¿Quién metió a Sofía en honduras bíblicas? Por eso se le presentaba ahora aquel feto, un chiquillo, una chiquilla; el demonio que cargara con todo! Y Federico a su pesar pensaba en esto a veces horas enteras, divagando sobre otros sucesos y otras esperanzas, y volviendo a caer en las mismas meditaciones. Ora compadecía a la pobre muchacha por su expulsión, y como un relámpago pasaba por su mente la idea de la crueldad de sus hermanas al abandonar a la infortunada joven; luego imaginábase a su hijo, a su hija, lo que fuera, sufriendo los rigores del esclavo bien que ya no lo sería por la ley; pero mientras llegaba la edad requerida para la emancipación ¡cuánto habría de sufrir la pobre criatura, en la época más tierna de su infancia... en el periodo más cándido de su inocencia, en que el germen del bien o del mal decidiría el carácter que en lo porvenir daría la norma de su vida, período en que el corazón humano es de suave cera en que puede modelarse para toda una existencia!... Y el joven se entristecía; porque, a pesar de todo, Federico era hijo, aunque un tanto bastardo, del siglo XIX. En sus momentos de soledad solía pensar con acierto en los casos de la vida; pero luego llegaba la tarde, la noche, las escuelitas de baile más o menos disimuladas con el disfraz de ensayos de piezas sueltas, los amigos, las bacantes, todo, y se le trastornaba el cerebro, y seguía en la molicie que le agotaba su heredada fortuna, destruyéndole la salud y pervirtiendo hasta lo infinito sus ya bastante depravados sentimientos.

Como a las once regresó a su casa don Acebaldo aquella noche, ansioso de tener alguna explicación con su mujer. Tenía el caballero, respecto de Sofía, grandes sospechas de Federico, con quien no hablaba por temor de provocar un lance desagradable; y para acabar de complicar a Ana María en su idea de sepultar a la muchacha en el ingenio, recargó nuevamente sus dislates, el atrevimiento de Sofía, y machacó sobre la culpabilidad de Federico, persuadido de que esto mortificaría a la señora y por orgullo accedería, enconada, a cualquier desaguisado contra la infeliz esclava. Pero el señor Nudoso del Tronco perdía todo su aplomo cuando hablaba con su esposa, resentido como estaba por la humillación que ésta le hacía sentir siempre que podía.

Comenzó su arenga y sermoneó largamente contra «la inmoralidad de los criollos», hasta hacer saltar a su esposa que acudió en defensa de sus paisanos y a la vez de su hermano Federico, a quien disculpó, «caso de ser culpable», por «sus pocos años» y además por ser un joven soltero, lo cual llevaba en ventaja a «algunos que teniendo mujer e hijos, y dándose mucho tonelete de altas personalidades», pagaban «casa y caprichos a mulatas callejeras» y bautizaban «con su nombre» a los «hijos del adulterio» que «casi se emparejaban» con sus hijos legítimos.

Don Acebaldo defendió con cierto calor a «los que estaban en ese caso», pues que dijo, por lo menos no dejaban desamparados a sus hijos; mientras que los otros «a pesar de ser solteros», no tan solo abusaban de las esclavas, sin miramiento alguno al buen nombre de la casa, a la cual llevaban su inmoralidad, sino que después los abandonaban a unos y a otras, cometiendo «la mayor parte de las inhumanidades».

La furia de Ana María subió a su colmo. ¿Ya no se conformaba aquel «viejo licencioso» con su «baboso libertinaje», sino que todavía lo defendía? La señora estuvo a punto de ahogarse de pura cólera. Al fin se aligeró un poco la bilis echándole encima al «atrevido disoluto» una asamblea de palabras duras, con cuyo peso a su vez se amilanó el señor Nudoso, amontonando su comprimido enojo para descargarlo contra la desventurada esclava, a quien se propuso conducir por su cuenta y riesgo al día siguiente al ingenio de donde «para maldición y escarnio» la habían hecho salir.

El sueño vino a poner tregua al fin a aquella cruda guerra del corazón, ya que la paz era imposible, rotas como venían desde mucho tiempo las hostilidades conyugales —que tierno como es este lazo, si una vez se rompe ya no valen artistas que de nuevo le anuden para gala del amor.

Al día siguiente se levantó muy temprano el señor Nudoso del Tronco, dominado por la pesadilla del «demonio de la mulata», y ordenó al sumiso Galaico que hiciese venir un coche de alquiler.

Mientras tanto las criadas mostrábanse asombrados al ver a Sofía en tan tristes apuros. Los que la querían bien, por su natural dulce cuanto bondadoso y sufrido, habían pensado más de una vez en la desventurada joven; pero no imaginaban que «una muchacha tan bonita», no encontrara de momento «algún niño de buen gusto» que la comprase. La negrita María de Jesús, menos caritativa, decía: «Ahora sabrá lo que es cajeta de buniato. ¿Se figuraba que iba a estar siempre de señorita?». Y a su vez Liberato, el cochero, se alegraba porque «la mulatica había cojío toitiquitico lo resabio de lo blanco rico». Pero todos la compadecieron al verla aquella mañana, cuando, llegado el coche, fue don Acebaldo al cuarto y sacó a Sofía.

—¡Señor!... —se atrevió a decir ésta en tono suplicante—. ¿Adónde me va a llevar el señor?

—¡Silencio, perra! —vociferó reconcentradamente el amo—. A la primera palabra te entrego a la policía, y entonces será peor para ti...

El cuarto en que había estado encerrada Sofía quedaba contiguo al de Federico. Éste oyó el ruido de voces reprimidas, las súplicas de la muchacha y las amenazas de su cuñado. Vistióse a toda prisa y corrió al cuarto de su hermana, para que ésta interviniera, porque el mandilón no quería significarse en la defensa de la esclava. No sabía a punto fijo lo que se proponía el señor Nudoso, pero todo lo temía de aquel hombre duro e intransigente. Magdalena también había notado el movimiento. Había pasado una noche terrible, había llorado por el infortunio de Sofía, pensando constantemente en lo que diría Eladislao de su conducta, y no sabía qué determinación tomar, cuando llegó a infundirle ánimo la presencia de su hermano. Y ya no dudó. Ella podía pagar la libertad de Sofía. ¿Qué importaba? Eladislao celebraría su acción. Si don Acebaldo se empeñaba en hostigar a la esclava, ella lo coartaría... aunque tuviera que colocarse la infeliz muchacha por ahí, viviendo sola, ganando por sí propia el sustento de ella y de su hijo.

Magdalena salió, corrió al zaguán, y llegó a tiempo que el señor Nudoso del Tronco, junto al estribo del carruaje, intimaba amenazante a Sofía, diciéndole:

—¡Sube! ¡Sube!

—¡Sofía, ven acá! —gritó Magdalena, desde adentro, con extraña voz de imperio.

La muchacha no atendió a más nada. Dio una vuelta, arrancó a correr y entró, cayendo de bruces a los pies de su ama.

—¡Ay; niña Malenita, señorita, por Dios! ¡Sálveme, señorita! Yo no le he hecho mal a nadie. Niño Fico, por su madre, no deje que me lleven. ¡Dios mío! ¿Qué he hecho yo?...

Y fuera de sí la desesperada joven, retorcíase los brazos presa del dolor más tormentoso. Don Acebaldo la había seguido. Se empeñó en que había que hacer un ejemplo, argumentando que todos los criados acabarían por enlodar la casa; si daban sus amos en apañarlos en todas sus picardías. Pero Malenita contestó de una vez por todas.

—A ésta —dijo—, nadie tiene derecho a castigarla, más que ¡yo! —y volviéndose a Sofía, le dijo:

—¡Vete a tu cuarto, y cuidado que te muevas de allí hasta yo te lo mande!

El rostro del señor Nudoso del Tronco indicó la temperatura de su ánimo. Visiblemente contrariado se dirigió hacia su salón-escritorio, y como al atravesar el comedor se encontraba con Liberato, que había dejado caer el cubo de agua que traía del patio para lavar el coche en el zaguán, sin darle tiempo a explicación alguna:

—¡Toma! ¡toma! ¡toma! por estúpido, animal —le repetía, propinándole las más estupendas bofetadas que jamás sufrió rostro en el mundo.

El mulato continuó luego esponjeando el agua del suelo, mascullando sin reservas tan terríficos juramentos contra su injusto y brutal agresor, que podían compararse tan solo con los golpes que en el bárbaro ataque recibiera.

Castiñeira, mientras tanto, con azorados ojos, permanecía de pie, cuadrado, gorra en mano, pensando indudablemente a su manera en lo que estaba pasando; pero sin mover los labios, sin pestañear siquiera, reprimiendo hasta la respiración, no fuera que con él también se molestase el terrible caballero.

IX

Grande fue la alarma de la señora de Gonzaga cuando, al dar las diez de la noche, aún no había llegado Sofía el último día que saliera. Temió desde el primer instante un contratiempo, y asimismo lo temía Eladislao; pero éste procuró disipar toda idea triste del ánimo de su esposa, detallándole la conversación que había tenido con Magdalena, y lo dispuesta que le pareció quedaba la señorita para suavizar en cuanto pudiere el rigor que con la muchacha se había extremado.

Pero, como a las nueve de la mañana del día siguiente, recibió el señor Gonzaga una esquelita de Magdalena, suplicándole fuese a su casa tan pronto le fuera posible, para consultarle «algo grave que ocurría en el asunto hablado». Enseguida que almorzó salió el caballero y se dirigió a la casa de su amiga. La señora de Gonzaga derramó, al salir su esposo, dos lágrimas. Y sin embargo, América no estaba triste, ni se explicaba aquel llanto inmotivado. Y se dio a pensar en las inoportunas lágrimas; porque ya tenía cierta seguridad, con lo que le había dicho Eladislao, en que Sofía no corría mayor peligro que el de todos ya conocido. «¿Por qué lloro?» se interrogaba la señora, y no podía darse contestación favorable. Nada nuevo había sucedido, nada le faltaba de lo que antes tuviera, y sin embargo, sus lágrimas seguían corriendo a hilo tendido y su rostro se conservaba sonriente, burlándose ella misma de la simpleza de aquel llanto. Y pensó en que su marido iba camino de la casa del señor Nudoso del Tronco, a cuya familia no conocía ella, y pensó en Magdalena, y por la primera vez se le oprimió el pecho al recordar su nombre. No pudo ya menos de seguir una serie de pensamientos y recordaciones, mezclando las gracias de que a menudo le había hablado Eladislao, que adornaban a la joven, y un nuevo vuelco que le dio el corazón la entristeció de veras. ¿Estaría la señorita aquella enamorada de su marido? Tal vez. «¡Ah! Pero Gonzaga me idolatra», pensó enseguida. Y además Eladislao ponderaba mucho la moralidad de la familia; y sobre todo, el acto de ésta al despedir a Sofía por su debilidad le devolvía la confianza. Más de temer sería Ana María, si con ella tuviera el señor Gonzaga la intimidad que tenía con Magdalena. Al fin aquella señora del gran mundo no estaba en paz con su esposo, y todo ser viviente necesita expansionar los sentimientos de su naturaleza. Si no amaba a su marido ¿no podría pensar en amar a otro hombre la señora de Nudoso del Tronco? Tal vez. «¡Ah! Pero Gonzaga no me traiciona. Nunca he notado en él la más ligera tibieza.» Y la señora secó sus lágrimas y, levantándose, dijo:

—¡Bah! ¿Cómo no había de pensar en tantos absurdos, si me estoy aquí mano sobre mano?

Y después de recoger el servicio del almuerzo y ordenarlo todo, sentóse a coser un lujoso traje que le había encargado una señorita que preparaba su ajuar de matrimonio.

«En dos palabras» contó Magdalena al señor Gonzaga lo sucedido con Sofía desde el día anterior, concluyendo con la petición de su consejo.

—¿Qué deberé hacer, Gonzaga? —dijo con tenue voz la joven, volviendo al interrogado en una mirada de adormecido fuego, y animado su rostro dulcemente lánguido, con la inequívoca expresión del amor inmenso, apasionado, que atesoraba y, dominándola inflexible, la arrollaba con ímpetu avasallador.

Por su parte Magdalena no ponía empeño en contener el sentimiento ya bastante señalado que experimentaba por Eladislao. Y estaba ella convencida de que era amor lo que por él sentía; amor reprobado por las leyes y por la sociedad; amor culpable ante sus propios ojos, y en su interior censurado austeramente; pero asimismo érale un sentimiento tan embriagador, de tan inefable dulzura, que la transportaba a un tiempo desde el reproche que a sí propia por su debilidad se dirigía, hasta el más inerte abandono de su voluntad, entregándose al vuelo caprichoso de su excitada imaginación ardiente, arrullada en amoroso deliquio por las más halagadoras quimeras. Y así permanecía incalculable espacio, subyugada al tirano cruel e implacable que se apoderaba de todo su ser, y en ideal brillante copa de oro y alfójar le ofrecía el incurable tósigo que ella sonriente, complacida en el colmo de su soñada felicidad, escanciaba a pequeños sorbos, con sibarítico placer, avanzando con deliberado paso por la seductora pendiente del suicidio moral.

Y en tanto, allá, en su aposento, reclinada en el diván, lamentando a solas la situación, se hallaba Ana María cuando llegó el señor Gonzaga. Después oyó el murmullo que hasta ella llegaba de las palabras que entre éste y Magdalena se cruzaban, y salió sospechando quién podía ser. Y a pesar de sospecharlo le sorprendió la presencia del caballero, quien nunca había venido a visitarles de día. La señora no sabía que su hermana le hubiese hecho venir. Pero como a su vez le agradaba escuchar a Eladislao, tomó asiento y la conversación continuó entre los tres, sobre el mismo asunto, aunque con ligera variación por parte de Magdalena.

Bien claro veía el señor Gonzaga la pasión que animaba a la joven, no obstante que había decidido sostenerse en los límites de la prudencia, y con poderosa fuerza de voluntad procuraba a ratos entorpecer toda idea que tendiera a dar pábulo a una llama que amenazaba terminar en una desastrosa catástrofe. Pero Eladislao a su vez amaba a Magdalena, y tal era su contenida pasión, que en muchas ocasiones intentó ésta sobreponerse a su raciocinio, cuya resistencia hasta entonces había logrado quedar triunfante. Ambos individuos libraban una formidable lucha interior. ¿Cuál sería su término? Difícilmente podía precisarse. Acaso no tenían entrambos más recurso que la digna observancia de las conveniencias en cuanto con la moral externa se relacionaba. El caballero, pues, hablando de Sofía, expuso su opinión: Debía abandonar la casa ya que su conducta no se había ajustado a los puros sentimientos de estricta moralidad que imperaban en la familia.

Las dos hermanas a un tiempo se fijaron en el consejero, para cerciorarse de que no había ironía en su intención.

Eladislao continuó impasible, diciendo que debía darse razonable tiempo a la muchacha para que encontrase nuevo amo, y esto así aunque no fuese más que un sentimiento de humanidad, en consideración a su estado.

A este punto llegaban cuando Julita que, desde que entrara Sofía en su habitación del fondo, no se había separado de su cariñosa manejadora, a quien amaba con el inmaculado y tierno amor de la primera edad, comenzó a dar desesperados gritos, llamando a su madre, a su tía, a todos, llorando y retorciéndose mientras decía:

—Fifa se murió; ya se murió Fifa —que así le decía a la esclava la niña, desde que empezó a balbucear.

En un instante acudieron todos al cuarto de la muchacha. Esta que había tomado cama, atacada de un terrible histérico había dado un salto y caído al suelo, quedando boca arriba, inmóvil, rígida, violácea, después de algunas convulsiones. Esto había hecho gritar a la bella Julita, que estaba sentada en una silla a la cabecera de la desventurada joven. Era su única compañía.

Eladislao comprendió enseguida lo que pasaba. Volvieron de su sorpresa las señoras, y entre todos colocaron en su catre a Sofía. Tras algunas convulsiones más quedó la muchacha desfallecida, bajo el peso de una distimia mortal, tan alarmante, que el señor Gonzaga tuvo que acudir a un espejito que había sobre la cómoda, para, colocándoselo sobre la boca y la nariz, asegurarse, con la vahosa niebla en el vidrio, de que aún respiraba la accidentada.

Nuevas esperanzas dio el caballero a las señoras, y les aconsejó hicieran llamar a un facultativo.

La vieja Maló, que había también acudido renqueando la presión enorme de su octogenaria obesidad, habló a su vez.

—¡Chuoo! —hizo en despreciativo tono la negra anciana—. ¡Médico! ¿Y pa qué? Néye lo que tiene só un bariga con su yijo lentro. Lo góripe que siá-dao pué binílo un malo paito; pero entuabía se pué remedialo. ¿Sisita méddico pá sujetá un criatula?... ¡Chiaa!...

Y Ana María desistió de llamar al médico y se encargó a la intrépida anciana el cuidado de Sofía; y no con desconfianza ni por ruin economía lo hizo la señora, sino que ya estaba acostumbrada a ver a Maló desempeñando entre la servidumbre de la casa y aun entre algunas otras compañeras suyas de otras familias, el oficio de partera; y veces hubo en que algunas señoras pobres obtuvieron de sus amos el consentimiento para que las asistiera la inteligente africana cuyos propios apuros en veinte partos, entre buenos y malos, dábanle su reconocida autoridad de experimentada practicante.

La enferma exhaló un penoso suspiro. Recorrió con vidriados ojos la estancia y fijó en el señor Gonzaga una dulce mirada de reconocimiento; miró dolorosamente a Magdalena, y al mirar a Julita se pintó en sus debilitadas pupilas el tiernísimo cariño que por la inocente niña sentía. Más atrás se encontraba Ana María. En ella fijó su vista la desgraciada muchacha, y de sus ojos brotaron nuevas lágrimas que silenciosas corrían por su faz desfigurada, cubierta de cadavérica palidez, delatora de los cruentos martirios que le destrozaban el alma. ¡Cuánto sufría la desventurada! Expuesta su vergüenza a la murmuración general, a los burdos comentarios de la servidumbre soez, rencillosa, que estúpidamente se gozaría en el sufrimiento de su afligida compañera, siendo sus primeros escarnizadores, sus más empedernidos verdugos morales. Y Federico, su amante, aquel hombre que con tanto apasionamiento le había pintado su amor y ponderado sus nobles intenciones, la abandonaba ahora en el colmo de su desgracia; había desertado dejándola sin amparo, a merced del señor Nudoso del Tronco, su implacable y gratuito enemigo, envalentonado más cada vez por la indiferencia de unos y el desamor de otros. La única que la amaba era Julita, el ser más débil de todos. Su amor era no más un consuelo espiritual; pero la pobre esclava necesitaba un apoyo más efectivo. Cierto que Magdalena la había protegido aquella mañana, arrebatándola, por decirlo así, y librándola de las iras brutales de don Acebaldo, pero esto llegaba al corazón de la dolorida joven como a nuestra mente llegan los beneficios provenientes de un benefactor desconocido. Alabamos la bondad del acto, pero echamos de menos el calor que infunde el simpático sentimiento que lo inspira. Desde el momento en que por la mañana había contrariado los enconados deseos de su amo, Sofía no había vuelto a ver a su señorita, a quien tanto se había acostumbrado a amar. Y entendía la esclava que solo fue un sentimiento de justicia, no de cariño, lo que a su amita indujera a ampararla del modo que lo hizo. Y todos estos tristes pensamientos que a un tiempo mismo le asaltaron, desgarráronle el corazón y produjeron el mudo desbordamiento de sus lágrimas.

La anciana Maló, que se le había acercado, procuró alentarla, empleando las mejores palabras que pudo encontrar en su depauperado lenguaje, y le aconsejó que no se moviese. Después comenzó a palparle el vientre con maternal solicitud. El señor Gonzaga se retiró prudentemente de la habitación; y lo hizo a tiempo, pues un instante después suplicó la anciana que la dejasen sola con la paciente.

No hubo manera de arrancar de aquellas cercanías a la bella Julita; lo más que concedió fue esperar fuera, junto a la puerta, hasta que la llamase la vieja Maló cuando concluyera de «curar a Sofía», como decía la inocente niña.

La anciana comenzó enseguida sus funciones con una agilidad de brazos que no se habría sospechado al ver su extremada gordura cargada de años de constantes trabajos. Habíase producido una abundante hemorragia, que alarmó sobremanera a la buena Maló. Nunca se le había presentado un caso tan desesperante. Todas las ropas de la cama estaban tintas de sangre, sangre finísima que no acertaba a contener la ignorante bienhechora. Pero ¡qué había ella de llamar el auxilio médico! Sofía volvió a desmayarse. Cuando Maló dejó de oír los débiles y angustiosos quejidos de la muchacha, se sobresaltó hasta lo infinito. Corrió como pudo a la cocina; sacó de la despensa almidón, huevos, aguardiente; hizo una mezcolanza de todo esto, y de algunas yerbas astringentes sin duda, hizo a la carrera un cocimiento, uniólo después todo y en cinco minutos apenas confeccionó una especie de brebaje pulposo, y en una escudilla la llevó al cuarto de la enferma.

Julita sin esperar el aviso de la anciana, así que la vio salir se metió dentro y se sentó en la silla que había a la cabecera del catre. Maló no reparó en la niña, ni se había ocupado de ella más desde que la vio salir con su madre.

Sofía volvió en sí, más debilitada cada vez, y tomó la poción que le presentó la anciana.

—¡Pobresita! —dijo con impensada cómica ternura la niña a la enferma—. Papá tiene la culpa ¿verdá Fifa?...

Y le pasaba por la cabeza sus blancas manecitas, perdiéndose entre el abundoso cabello de la joven los sonrosados deditos de la cariñosa pequeñuela. Sofía movió la cabeza, contestando que no a la niña, al tiempo que en una lánguida mirada le enviaba la más dulce expresión de su acendrado reconocimiento. Pero la muchachita era tenaz, y repitió:

Él, sí señor, que yo lo vi ayer cuando te tumbó, que te agarró y te hiso así y te empujó pa dentro del otro cuarto y luego te enserró...

La niña se había puesto de pie, y para que mejor se le entendiera, dio a la pobre anciana, que estaba junta al catre, un violento empellón para imitar el que a Sofía le diera su padre.

—¡Y ese que é señó! —dijo un poco picada la vieja al sentir el golpe, y luego continuó mascullando—: Sí, cuando tan chiquito néye tóo son bueno; deja que creque... uh-u-uh...

Sofía, para acallar a Julita, había extendido una mano, y la puso sobre los labios de la niña, diciéndole con voz sumamente debilitada:

—Si tú dices eso otra vez, no me pongo buena y me muero.

—No, no, Fifa; bueno yo no lo digo más ¿tú te pones buena?

Y la niña, que había pronunciado esto con la más candorosa ansiedad infantil, encaramóse de bruces sobre la silla y recostó su rubia cabecita en la almohada, al lado de la cabeza de Sofía. Esto valía para la enferma por una medicina que no podía propinarle la solícita Maló, ni aun los mejores médicos del mundo.

Sofía se sosegó mucho. La vieja comadrona adquirió confianza en vista de que la hemorragia se había contenido. Dio seguridades a la paciente de que la criatura se salvaría, y se reservó para más luego interrogarle acerca del furtivo creador y cuanto más se le ocurriera.

Aquella tarde, cuando llegó el señor Nudoso del Tronco, casi se alegró de todo lo ocurrido al saber que peligraba la vida de la muchacha. «Bien hecho, el no haber llamado médico» —pensaba el energúmeno—. «A última hora se llamará a cualquiera para que certifique.»

Ni el mismo señor habría podido explicar la causa del odio que sentía por la desgraciada joven; pero era lo cierto que la odiaba irreconciliablemente.

Serían las nueve de la noche cuando salió de su casa don Acebaldo, a pie, como lo hacía siempre. En el zaguán se hallaba con el portero el mulato cochero. Descubrióse aquél según costumbre, al ver al caballero, quien no se dignó mirarle siquiera, y salió. Liberato que se había inclinado como para arreglar algo en el coche, quizás para evitar el saludo que había hecho el gallego, se acercó disimuladamente a la puerta, diciéndole al portero:

—Grasisadió; yo no etaba eperando na má que se fuera pa meténme un cueraso en la equina. ¿Quié vení, Galaico?

—¡Ca! Nun puedu —contestó el buen Castiñeira.

El mulato salió, dando de espaldas el primer paso de la puerta a la calle, luego simuló un estremecimiento con todo el cuerpo, movimiento peculiar del ñáñigo para hacer sonar las gangarrias de sus vestimentas oficiales, y, haciendo cabriolas, siguió el mismo rumbo que llevaba su amo. Éste dobló la primera esquina, y tomó un coche de alquiler que pasaba. Liberato procuró ocultarse de su amo.

—Vá pa en casa é tu piesa —ahuyó entre dientes—. ¡Pícaro!, ¡yo te arreglaré pa que sepa lo que é dale bofetone a lo sombre!...

Y los ojos del esclavo brillaron siniestramente. Volvióse a la casa, y quedándose en el zaguán sentóse en el estribo del coche, para al lado que daba a la pared, lo que a menudo acostumbraba. Desde allí díjole algunas palabras al portero, y luego dejaron de hablar como si el cochero se quedara dormido. Poco después entróse el Castiñeira en su chiribitil, que estaba en el mismo rincón detrás de la puerta, y apenas hubo entrado salió de detrás del coche Liberato, y sin hacer ruido, y con cierta afectada despreocupación, acercóse a la puerta, miró con recelo hacia el cuarto del portero y salió apresuradamente. Después salió el otro. No había visto la escapada de Liberato. Cerca de las once serían cuando el criado asomó nuevamente la cabeza por la puerta del zaguán. Galaico Castiñeira dormitaba en su taburete y otra vez, ahora de puntillas, entró Liberato sin ser visto por el guardián de la casa.

Apenas entró el cochero, los pitos de la policía llenaron de alarma el vecindario. Las fuerzas del orden público agitábanse de un lado para otro y todo fue confusión y enredo en aquella cuadra. La pareja que pasó corriendo primero, volvió luego con la que estaba en la esquina más abajo, que aseguraba que por allí no había pasado nadie, y menos huyendo. Y preguntaba en todas las casas y ninguno había visto a nadie. En la casa de Nudoso del Tronco estaban a la ventana las dos hermanas, y los criados todos por la puerta del zaguán con el portero. Preguntó allí también la pareja y nada le pudieron decir. Ana María y Magdalena preguntaron a los guardias qué había ocurrido, y aquellos les dijeron que «un mulato había matado a un caballero» en la calle de La Mueca, y que ellos habían perseguido al asesino hasta la esquina de aquella cuadra, pero que después no le vieron más, y como la pareja que estaba en la otra esquina no había visto a nadie, de fijo se había ocultado el criminal en alguna casa de las de por allí. Y cuando esto decían, notaron que junto al portero estaba Liberato. Pero al acercarse hízoles detenerse la protesta de las señoras, y confirmóles lo erróneo de su sospecha la seguridad con que dijo Galaico que Liberato no había salido de la casa en toda la noche.

Retiráronse, inquiriendo siempre, las parejas; pero al llegar a la esquina encontráronse con una procesión que seguía a un piquete que acompañaba el cuerpo del asesinado, conducido por cuatro individuos. El fúnebre cortejo se dirigió hacia la casa de la familia Nudoso-Unzúazu. Y en ella entraron el cadáver, que no era otro que el del señor don Acebaldo Nudoso del Tronco. Algunos guardias quedaron a la puerta para impedir la entrada a los curiosos. Los policías superiores, que abundaban aquella vez, puesto que se trataba de una persona de representación, hicieron despejar la calle, y la muchedumbre se fue alejando, formando diversos grupos que comentaban, discutían y hasta detallaban gran parte del sangriento suceso.

A la introducción del cadáver ocurrió la consiguiente agitación en la casa. Carreras, gritos, llantos, disposiciones, voces imponiendo silencio, toda una indescriptible baraúnda. Magdalena corrió hacia el grupo que traía el ensangrentado cuerpo, pero aún no había llegado a él tuvo que acudir en auxilio de Ana María, que cayó pesadamente en el suelo del comedor con un ataque de nervios, siendo llevada por los criados, entre los cuales iba Liberato, hasta su lecho, donde por momentos batallaba con tales espasmos que no podía sujetarla entre todos. Julita se despertó, y tirándose desnuda al suelo, corrió a la cama de su madre, llorando a gritos y preguntando «si su padre había arrempujado a su madre también en el cuarto en que encerró antes a Sofía».

En el ínterin toda una legión de amigos, médicos y jueces ocupaba el salón principal, y el escritorio del difunto. La versión más corriente era que un mulato, pagado quizás por algún mal mal-queriente, había dado muerte alevosa «al caballero señor Nudoso del Tronco». Y entre las diversas teorías oíase decir que había por medio una mujer; y también que por medio estaba la política, puesto que era temible, decían, la influencia del anónimo inspirador del conservadurismo. Lo cierto era que don Acebaldo había caído a pocos pasos de la casa de Domitila, su querida, una arrogante mestiza con quien tenía dos hijos, y a quien visitaba a menudo. Un brazo fuerte y certero le había hundido un puñal por la clavícula izquierda, dejando el arma enterrada hasta el mango, atravesada en el corazón.

—Puñalada de ñáñigo es ésta —dijo al examinarla un inspector de policía.

El matador había huido, le habían perseguido, no le habían alcanzado; pero el bodeguero de la esquina que estaba parado en la puerta, y varios vecinos además, vieron perfectamente a un mulato que huía y estaban seguros de conocerle si le vieran de nuevo. Hiciéronse varias prisiones por sospechas; Domitila debió ir detenida, pero el estado de nerviosa excitación en que estaba no lo permitió, negándose el médico a que abandonara la casa. En ella quedó custodiada, rodeada de sus familiares y amigos.

Ana María volvió al fin a su natural estado, y lo primero en que pensó fue en la sospecha de la pareja contra Liberato, y asoció esta idea con el brutal asalto y las bofetadas que le propinara su marido al esclavo en la mañana de aquel mismo día. Pero la señora no creía que Liberato, aun cuando hubiese estado en la calle, fuera el autor de aquel crimen horrendo. «¿Cómo había de tener alma para matar a su amo?»...

Magdalena pensó en que estaban solas ella y su hermana Ana María. Ya se había acostumbrado a ver en Federico «un niño grande», un pelmazo abellacado, y nada más. ¿A quién acudir para que representara debidamente la casa en aquellos críticos momentos?... Eladislao no se negaría. ¡Qué había de negarse, él, tan bueno, tan noble! Y a Eladislao mandó aviso enseguida.

Una hora después se hallaba el señor Gonzaga prodigando frases de consuelo, a la atribulada señora, y atendiendo a las innumerables consultas que de todo y para todo le hiciera la activa Malenita, quien ahora se multiplicaba en todas las atenciones, interpretando maravillosamente las indicaciones que le hacía Eladislao.

El escándalo aumentó entre los deudos y amigos al día siguiente, por la ineficacia de las pesquisas de la policía, que aún no había preso al culpable. Habíase dispuesto el entierro para las cuatro de la tarde. Asistió gran número de amigos de la familia y que lo habían sido del finado; pero la curiosa multitud que invadió la calle fue tremenda. Cuando llegó la compañía de voluntarios a que pertenecía como oficial el señor Nudoso del Tronco, púsose la casa en movimiento. Sacado el cadáver en brazos, fue de esta manera hasta la iglesia, y al salir de ella fue colocado en el quitrín de la casa, enlutado y bizarramente conducido por Liberato, que tenía fama de ser de los más inteligentes en su oficio. Todo marchó en inalterable orden hasta el cementerio. Depositóse el féretro en su bóveda, despidióse el duelo por el jefe del batallón a que perteneció el difunto, y comenzó a desfilar el acompañamiento. Cuando Liberato se disponía a partir, conduciendo el enlutado carruaje, le intimó un inspector de policía que se diera preso.

El movimiento de inocencia que demostró el cochero hizo temer un desacierto al representante de la ley.

—Pero ¿y el quitrín? —dijo Liberato, viendo que el inspector insistía.

—No te ocupes del quitrín, que no se perderá; date tú y deja lo demás.

El criado bajó del caballo y con librea y todo le metieron en otro vehículo preparado al efecto, y entre dos guardias del orden le llevaron a la Jefatura.

La policía no había cesado un instante desde la noche anterior. Los dos guardias que persiguieron al criminal habían aumentado sus sospechas en Liberato. Sin llamar la atención se había hecho que el bodeguero y los vecinos al suceso, que decían estar seguros de reconocer al agresor, fueran sigilosamente llevados a ver a Liberato, y todos declararon, cada cual por su parte que aquél era el individuo que había visto huir la noche anterior. Domitila declaró a su vez que había visto pasar dos veces por la acera de su casa al cochero de don Acebaldo, como a las nueve y cuarto o nueve y media, pero que creyó que esperaba a su amo, «el cual había ido a su casa —decía esta mujer— para saber lo que hubiera contestado una muchacha que él necesitaba para criada de mano de su familia, porque una de las que tenía, según había dicho, ya no estaba a su servicio».

La última parte de esta declaración había sido dispuesta por un joven letrado, y tenía por objeto ocultar el motivo verdadero de la presencia de don Acebaldo en casa de Domitila; pero la introducción era una declaración-verdad a juicio de la declarante, e insistía en ella con ahincado empeño. Y por otra parte, en la casa del difunto aseguraban todos que Liberato no había salido en aquella noche. De todos modos, el cochero fue preso; pero ninguno de los que presenciaron su detención se atrevió a considerarle decididamente culpable, tal fue el aire de inocencia que ostentó. Aun a los mismos oficiales que le recibieron en la Jefatura les desorientó la serenidad del detenido.

Entretanto el desconcierto era cada vez más creciente en la familia Unzúazu.

Julita, que todo lo observaba y de todo sacaba esas sorprendentes conclusiones propias de los niños precoces, le había dicho con infantil gravedad a Sofía:

—¿Tú ves, Fifa? Dios castigó a papá.

La noticia del sangriento crimen empeoró a la enferma, cuyo delicado estado demandaba el mayor sosiego. El sacudimiento nervioso que experimentó al saber el hecho podía resultarle fatal. Tres días hacía que se hallaba postrada la infeliz muchacha. La hemorragia se había contenido, y Sofía se juzgaba dichosa, porque se conservaba el feto, aquella criatura que, aun antes de nacer, aumentaba y precipitaba las desventuras de su creadora, la cual se sometía resignada a todos los sufrimientos, a todos los martirios, con la aspiración de poder al fin de ellos estrechar contra su pecho, y cubrir con sus besos, y bañar con sus lágrimas al ser que había sentido palpitar en sus entrañas. El incomparable amor maternal que ya experimentaba lo era todo en ella y hasta obliteraba por completo de su imaginación el tenebroso porvenir con que se había inaugurado.

Ana María, pasados los momentos de turbación y enredo consiguientes a la terrible tragedia que la dejara viuda, tuvo una larga conferencia con el señor Gonzaga, en la cual convinieron en que éste se encargase de la administración de los intereses de la familia; con lo que obtenía el joven caballero un aceptable empleo y la señora viuda un empleado insustituible por su cordura y sus talentos. Federico, entregado en aquellos últimos tiempos a la disipación más desenfrenada, no podía inspirar confianza a nadie. Sus hermanas ni siquiera pensaron en él.

Ordenando estaba el señor Gonzaga algunos papeles, cuando se presentó en la casa una señora, acompañada de un joven. Hízola entrar en el salón-escritorio el caballero, y la señora expuso que tenía cierto crédito contra la caja de los herederos de Unzúazu, por la cantidad de 10.000 pesos con sus réditos legales correspondientes a catorce años de administración, la cual había vencido su plazo hacía algunos días y la señora deseaba hacer efectivo el documento.

Pidió el señor Gonzaga la constancia, y se maravilló no poco al ver que era la mitad de un pagaré rasgado. Exigió explicaciones y la señora sacó de su cartera un pliego escrito, firmado y sellado por don Sebastián Unzúazu, en el cual se expresaba que el difunto marino legaba a Juana Sofía, hija adulterina del firmado Unzúazu, natural de Bilbao, y de doña Manuela Corrales, natural de San Bartolomé de Tirajana, Canarias, una manda de 10.000 pesos, que habían de conservarse en depósito redituario, según el interés legal, por su albacea o sus herederos, hasta que cumpliera la referida Juana Sofía veinte años de edad, contando seis a la fecha del documento. Extendíase luego el pliego en la explicación del pagaré rasgado, cuya mitad debía comprobarse con la que pegada quedaba en el libro que, como archivo, conservaría el albacea o los herederos del difunto Unzúazu.

Eladislao buscó el libro a que se refería el manuscrito y lo encontró en la caja del difunto señor Nudoso del Tronco. Confrontó las mitades y venían exactas. El pagaré era genuino. Pero Eladislao entendió que no debía procederse con ligereza. ¿Quién era aquella señora? ¿Qué autoridad tenía para asumir aquella potestad? El señor Gonzaga la interrogó. La señora dijo ser la madre de Juana Sofía, la doña Manuela Corrales que se consignaba en el documento. Preguntada por su hija, dijo que no existía; que dos a tres años antes de morir el testador se la había éste quitado, entregándole aquellos documentos para asegurarles en lo porvenir a ella y a su hija, y como ésta había fallecido, según le había comunicado el mismo señor Unzúazu, ella había esperado el vencimiento del término fijado para cobrar aquel pagaré que como madre de la difunta legataria le correspondía de derecho.

El joven que acompañaba a la señora bien podía ser su hijo. El señor Gonzaga preguntó si era hermano de la difunta el joven. No. Era una amigo de la señora, que se había ofrecido a acompañarla en sus diligencias. El joven, de un aspecto repulsivo por su verdosa palidez, su demacrado rostro y sus ojos de prematuro disipado, no había pronunciado una palabra; pero no quitaba la vista de la una más que para fijarla en el otro de los conferenciantes. A Eladislao le parecieron extrañas y asaz confusas las explicaciones de la señora. ¿Por qué no rezaba la donación directamente a nombre de doña Manuela Corrales, si el señor Unzúazu le había dado el documento al quitarle a su hija? Y después, cuando, según decía la señora, le comunicó el fallecimiento de la muchacha ¿por qué no declaró el legado a favor de la madre? Eladislao pidió un plazo de tres días a la señora. En este tiempo, pensó, consultaría con el abogado que gestionaba la devolución de los bienes que tenía embargados a la familia de su esposa el gobierno, desde la confiscación arbitrada en vida del padre de América. No podía tampoco hacer nada sin conocimiento de los herederos del señor Unzúazu, cuyo albacea acababa de morir violentamente. La señora dijo a este respecto que tenía conocimiento del lamentable suceso; envió su condolencia a la viuda y a los familiares de ésta, y significó su contrariedad por la demora; pero conformándose a las circunstancias convino en que dentro de tres días volvería, de una a dos de la tarde, para ultimar aquel asunto. Y se marchó acompañada del flacucho jovenzuelo.

Al salir del zaguán llegaba a la puerta un individuo que se les quedó mirando de una manera chocante. Detúvose un momento el que entraba, y luego siguió y se hizo introducir en el despacho del difunto señor Nudoso del Tronco. Era un agente secreto de la policía; un empleado que tenía fama de buen sabueso, y le habían encargado del desentrañamiento de aquel crimen que había consternado a la ciudad, crimen cometido en lo más céntrico de la población y en la persona de un individuo de gran representación entre los altos personajes del Casino. Habíanse cometido muchos atentados, más horrendos, más denunciantes de una moral rebajadísima, exponentes más fieles del estado de alarmante descomposición en que degeneraban todas las clases sociales de aquella ciudad, un tiempo ejemplo de moderación y cultura; pero aquellos males no afectaban inmediatamente a las altas clases de la sociedad. ¿Iban acaso a descender de su entronizamiento de toda la vida los seleccionados de la fortuna, no más que para ocuparse de las miserias que afligían a la multitud destituida, a los predestinados a la gleba, a la servidumbre general? No. La buena sociedad no juzgaba digno de su reconocida alcurnia el preocuparse de las sangrientas asechanzas de los partidos y los bandos de los negros regionalistas, en la escabrosa barriada de Antúnez; ni de los violentos altercados que entre canarios y criollos suscitábanse continuamente en el distrito del Mercado y toda la barriada de Buenavista; ni de las tramas siniestras que se fraguaban allá por los tenebrosos pedreñales de Montecano, o los choques terribles que a menudo se sucedían en el próspero cuanto abandonado vecindario del Barrio Viejo, a pesar de residir en éste inmensa parte de lo más escogido de la sociedad belmirandense. No, mientras el mal se desarrolla allá abajo, acá arriba no habría motivos de preocupación. Acá no se pensaba más que en acentuar la línea divisoria entre cubanos y peninsulares, entre criollos e inmigrantes, ofendida como se encontraba la comunidad más o menos autóctona por el manifiesto desprecio con que era tratada por los representantes de la colonización. Por eso los privilegiados no se daban cuenta de las subdivisiones que habían sido ellos los primeros en señalar, aunando en todas las circunstancias su influyente fuerza, antes que con sus compatriotas de inferior escala social, con aquéllos a quienes habían declarado sus naturales enemigos, y reforzándose todos, en cualquier imaginario conflicto para subyugar más si más era posible, a los desheredados de todo por todos, a la clase en último término considerada ya por ser la más disímil en sus obligadas circunstancias sociales, ya por su naturaleza étnica, o por ambas diferencias a la vez. Pero ahora el mal llegaba hasta arriba. La sociedad recordó que hacía pocos meses un negro había matado de una puñalada a un vigilante gubernativo que le perseguía; recordó que un mulato criado de manos había dado escandalosa muerte en una finca de las cercanías, a su ama (una señora viuda, despechada por la indiferencia de su esclavo a la caprichosa pasión que por él alimentara —sublevado aquél de ira y dominado por un sentimiento de irreprimible venganza—, acribilló a machetazos a la viuda, su ama, porque ésta, enloquecida de rabia y absurdos celos, había hecho azotar a una negrita que era la predilecta amante de su desdeñoso esclavo). Esto no lo decía la escandalizada sociedad, pero todo el mundo lo sabía. ¡Y ahora resultaba que otro mulato, el cochero de un opulento magnate a la usanza colonial, le asesinaba alevosamente, salpicando de sangre con cinismo inaudito la frente de toda aquella elevada clase, ansiosa de paz, de concordia y de ilustrada expansión! Por eso, respondiendo a un mismo deseo, habíase empleado un gran número de agentes secretos para descubrir a cuantos hubieran tomado más a menos parte en aquel crimen.

El hombre que entró a conferenciar con el señor Gonzaga, fue a comunicarle la seguridad que sustentaba toda la policía de que el agresor había sido Liberato, el cochero que se encontraba preso; pero que a la vez se sospechaba que debía ser impulsado por algunas personas poderosas; porque «¿cómo iba a atreverse un esclavo a cometer un hecho tan criminal con tan poco miramiento por la publicidad, y sin ningún respeto a los poderes judiciales?». El polizonte sabía que Liberato había sido abofeteado por su señor en la mañana misma del crimen; pero «¿cómo había de creer él que un negro se ofendiera a tal extremo por unas cuantas bofetadas recibidas de su amo?». No. Allí, había algo más. Detrás se ocultaban poderosos brazos y había que descubrirlos. En esto se ocupaba un extenso cuerpo de agentes secretos que invadían todas las esferas. Se descubriría al fin hasta el último detalle...

Después preguntó el agente quiénes eran las personas que salían cuando él entraba. Díjoselo el señor Gonzaga, y el hombre se animó. ¿No residían en Belmiranda? ¿De dónde venían? Eladislao no sabía nada de esto. ¿Dónde vivían? También lo ignoraba Eladislao; solo sabía que volverían tres días más tarde, de una a dos, para ultimar su asunto. El agente saludó y salió. Eladislao le despidió con frialdad, sin salir del salón en que hablaran. Cuando el agente se encontró en la calle sacó precipitadamente una cartera que llevaba en el bolsillo de su levita, observó por algún rato una tarjeta fotográfica de las que contenía, marcóse en su rostro una expresión de sorpresa, y luego escribió algunas palabras en su memorandum, guardó su cartera y continuó su camino, diciendo: «Sí, deben ser ellos. Las señas corresponden perfectamente, y yo no he visto esas caras por aquí. Pronto he de saberlo».

Enseguida que se encontró solo el señor Gonzaga, se fue a dar cuenta a la viuda de Nudoso y a Magdalena, de cuanto había ocurrido.

Ana María sabía que existía aquella manda, por las zozobras que algunas veces le manifestó su difunto esposo; pero ni éste ni ella habían tenido nunca noticias del interesado, ni recordaba Ana María haber oído jamás que su padre tuviese ningún hijo además de los de su matrimonio. Eladislao expuso que en cuanto a esto él no tenía la menor duda, una vez que el pliego que había leído, escrito de la misma letra de otros documentos que había en el archivo, y a más la firma del difunto señor don Sebastián Unzúazu, acreditaban su veracidad; pero agregó después, que sus dudas estaban en la autoridad de la desconocida señora para cobrar el legado, aunque no se consignaba quién debería cobrarlo, y era por tanto pagadero al portador. Su opinión era que debía consultarse a un abogado, y él había pensado en hablar de ello al que gestionaba sobre los bienes de su esposa, a lo cual asintió la viuda. En cuanto a Magdalena, lo que más le impresionó fue el hijo que había dejado su padre. ¿Quién era? El señor Gonzaga dijo que era hija, que se llamaba Juana Sofía y que la señora decía que había muerto. ¡Juana Sofía! ¿Y había muerto? ¿No dijo en cierta ocasión la vieja Maló que «el amo viejo» daba a la esclavita Sofía el nombre de Juana, casi siempre que la llamaba cuando era niña? Según la anciana negra todos se acostumbraron a llamarle Sofía porque así le gustaba más a doña Brígida, la señora isleña que había entrado de ama de llaves al fallecimiento de la esposa del señor Unzúazu. «¿Sería Sofía, pues, la hija que decía muerta aquella señora? ¿Sería la muchacha aquella la desconocida hija de su padre?» Y su madre se presentaba ahora, y era una señora blanca. ¿Luego Sofía no era mulata, no era esclava? ¡Y se le había tenido como tal, y había sido enviada a un ingenio para que la castigasen, y había sido azotada, y sus hermanas lo habían consentido, y ahora mismo casi habían instigado una nueva injuria!...

Todo esto y más dijo en un momento Magdalena, y en su espontaneidad por cosa cierta daba ya el fraternal parentesco de la maltratada muchacha. Como si fueran luminosas vistas se le presentaron a la imaginación los primeros años de su infancia, hasta que se casó su hermana Ana María. Magdalena y Sofía vestían iguales y parecían jimaguas, y su padre las acariciaba igualmente a las dos y les decía siempre que se quisieran «como hermanitas». Pero Ana María insistió en que su padre no había dicho nunca que aquella muchacha fuese su hija; y dijo además que una vez en la mesa, hablando con unos amigos, había referido el viejo, que el padre de Sofía era un guarda-candela que había en el ingenio; pero que jamás había mencionado el nombre de la madre de la muchacha, que debía ser una mulata de las que había entonces en la finca; y concluyó suplicando al señor Gonzaga que buscase entre los papeles los comprobantes que debía haber del nacimiento de Sofía.

Cuando salió el caballero, iba sumamente preocupado. Ana María quedó a su vez pensativa, y Magdalena dejó rodar dos gruesas lágrimas que fueron a perderse entre los pliegues de su bordada chambra de batista.

En aquel instante entró corriendo Julita.

—Fifa te llama, tiíta —dijo echándose sobre las piernas de Magdalena. Y notando que lloraba su tía, entrelazándosele en el cuello—: ¿Por qué lloras? —le dijo— Fifa está llorando también; ven, ven, tiíta, que te está llamando.

Y la graciosa niña con sus dos manecitas tiraba de una de Magdalena, quien, enjugándose los ojos, salió conducida por la linda pequeñuela.

X

Magdalena encontró a Sofía inmóvil, cubierta de una palidez mortal. Ya se menudeaban demasiado los síncopes que acometían a la debilitada joven, y Magdalena mandó que viniese el médico. Sofía abrió los ojos, quiso incorporarse al sentir la voz de la señorita, pero no pudo, y volvió a caer inerte sobre la almohada. Magdalena se acercó apresuradamente al lecho de la enferma, procurando consolarla. Pero la pobre muchacha no hablaba. Dirigía la vista con dolorosa vaguedad, fijándola en su amita, y cerrando después, por cortos momentos los párpados como si le cansase el sostener mucho tiempo la mirada. Y Magdalena, dominada por el fundamento de la conversación que acabara de tener con Ana María y Eladislao, buscaba en el rostro de Sofía los rasgos familiares que confirmasen las vehementes sospechas que en su ánimo impresionable produjeran las palabras de la desconocida señora, repetidas por el señor Gonzaga.

No tardó en llegar el doctor Alvarado, que era el médico de la casa, y con él entró Ana María en el cuarto de Sofía. El doctor hizo una ligera inclinación de cabeza por todo saludo, sin mirar siquiera la cara a Malenita; acercóse al catre, y con una rápida ojeada inspeccionó de los pies a la cabeza a la joven que permanecía sin movimiento aparente. Pulsóla más que con sus delicados dedos de aristocrática dama, con su oído finísimo de médico de nacimiento. Dos minutos, tal vez, permaneció él también inmóvil. Nadie osaba respirar con franqueza. Todos estaban fijos en el inexpresivo rostro del doctor. Al fin, éste soltó el brazo de la enferma, reconocióle el vientre, auscultóla pausadamente, volvió a palpar con delicada y sostenida presión por los lados del abdomen, y arropando luego a la muchacha, volvióse y preguntó el tiempo que llevaba en cama y las medicinas que le habían dado, diciendo a la vez:

—Temo que me han llamado ustedes demasiado tarde.

La anciana Maló contestó al doctor, diciéndole casi toda la verdad. El doctor hizo un marcado movimiento de disgusto.

—Varias veces te he dicho, Maló, que con tus atrevimientos ibas a cometer el mejor día una barrabasada —dijo el señor Alvarado, con la menor acritud que pudo aplicar a la intrusa bienhechora.

Maló miró azorada al doctor y luego, sumamente abatida, se quedó fija en la enferma que había caído en un nuevo desfallecimiento.

—¿Qué tal la encuentra usted, doctor? —se aventuró a interrogar Magdalena, de quien no se había separado Julita, la cual seguía todos los movimientos del hombre de ciencia.

Éste reparó entonces en la hermosa niña, a quien siempre acariciaba, e inclinándose diole los golpecitos en la mejilla, mientras contestaba a la pregunta de Magdalena:

—Mal, está mal; puede ponerse grave, tal vez peligre... —y para cuando esto decía estaba ya el activo galeno combinando una receta.

El doctor Alvarado no tuvo empacho en ser franco, tratándose de una esclava, por más que se notasen las trazas de ser bien querida de sus amos. Cuando hubo terminado la receta y recomendado la urgencia en la adquisición de lo ordenado, agregó, hablando con Ana María:

—Esta muchacha está preñada. Puede tener de cinco a seis meses. Debe haber sufrido algún golpe muy fuerte en la cadera. La cavidad pelviana ha debido ser muy castigada. Esto le ha producido indudablemente una conmoción atroz en el vientre; el feto ha perdido su posición normal; la placenta se ha desprendido y vaga de uno a otro lado del seno, a merced del movimiento de la enferma; la criatura seguramente ha muerto, y esta muchacha tiene que abortar, pero enseguida; no debemos esperar a la lentitud del proceso natural; después... ya veremos... no se puede predecir... Esa hemorragia que se le ha contenido con tan lamentable empeño lo ha entorpecido todo. De donde ahora se encuentra la enferma a la muerte, existe la menor distancia calculable... en fin, veremos. Vale mucho el que hay plétora de vida. Tan pronto como vengan las medicinas, que se le administren como se indica, y procúrese que guarde la mayor quietud. Esta noche volveré y... ya veremos... ya veremos...

El doctor se marchó, asegurando que no tardaría la joven en volver en sí, que el desmayo no tenía decisivas consecuencias y que era efecto de la pérdida de sangre que había experimentado. Y así fue. A poco volvióle el conocimiento a la muchacha. A su cabecera habían quedado Magdalena y Julita, acompañadas de la anciana Maló, que tenía la cara más triste que un sentenciado a presidio perpetuo. El estado de Sofía era gravísimo. Nadie que la viera en aquellos instantes habría reconocido a la gallarda manejadora que en la Plaza de Armas seguía constantemente los pasos de la vivaracha Julita. Su rostro pálido, estirado, su nariz aguzada por la consunción excesiva de sus músculos, su abultado vientre que tal parecía que por segundos se aumentaba, su fatigosa respiración que la obligaba a tener la boca entreabierta, mostrando sus magníficos dientes, antes tan blancos y engomados, ahora amarillosos y turbios; sus ojos hundidos, sus pupilas mortecinas —todo llenaba de tristeza el ánimo y como que señalaba los últimos instantes de vida de aquel embalaje humano.

La joven no hablaba una palabra. Magdalena la miraba, y pensando en que acaso aquella víctima del infortunio era hermana suya, derramaba inútiles lágrimas recapitulando los trabajos infinitos que en sus cortos años había la infeliz sufrido. Magdalena se hacía el propósito de comunicar sus impresiones a la muchacha tan pronto estuviera ésta en estado de atender a razones. Sí, le comunicaría lo que había dicho la desconocida señora, su madre, y la desventurada joven se consolaría ¿cómo no? al saber que era hermana de «su amita». Sí; y le diría más; le diría que ellos habían sido injustos con ella sin tener conocimiento de la verdad existente. ¿Qué sabía ella? Seguiría los impulsos de su corazón. Aún no sabía cómo decírselo; pero se lo diría, sí, se lo diría todo. Y en adelante procuraría subsanar el tremendo error; la imponderable injusticia de que había sido víctima Sofía. Y luego se decía la señorita, que el culpable de todo aquello había sido el señor Nudoso del Tronco. Hasta llegó a pensar en que todo lo sabía el difunto don Acebaldo y a posta se había encarnizado contra la muchacha para satisfacer su insaciable ambición, esclavizándola y usurpándole su legado. ¡Ah, si viviera, el pícaro!... Pero ya había muerto. Había «purgado su delito», y no había ya a quien castigar. Así lo creía Magdalena.

Luego, pensando en el embarazo de la enferma, se proponía también saber quién era el padre de la criatura. «Ahora era distinto, se decía; Sofía no era ya la esclava, era la mujer libre, blanca y casi rica, y diría quién era su amante y tal vez se le induciría, se le obligaría a reconocer su obra, a casarse con su amante. ¡Cómo! ¿Que no había más que venir y "perder" a una joven y dejarla ahí con un hijo que no sabría quién era su padre? ¡Eso tenía que verse!»

Y Magdalena, engolfada en una nueva serie de imaginaciones pues que nueva era la condición que ya le suponía reconocida a Sofía, se indignaba contra el burlador de su honra, sin darse cuenta de que hasta entonces todo lo había considerado desde distinto punto de vista, deduciendo diametralmente opuestas conclusiones.

Al fin llegó el medicamento recetado, se le propinó a la enferma la dosis señalada, y continuó la infeliz en su letargo que, más que a la vida, a la muerte se acercaba.

No quiso por su parte, Eladislao, que pasase de aquel día sin ver el abogado y tomar de él un consejo conveniente. Y como ya no era hora de oficina, fuese a su casa para acudir a la del jurisperito después de las siete, que era cuando ya había comido el letrado.

En efecto, en su bufete, fumando su tabaco de sobremesa, ante un escritorio cuya complicación de gavetas y apartados demandaba buena práctica para no confundirse en el momento preciso, estaba sentado el legista, personaje de honorable aspecto, uno de esos hombres que desde luego inspiran confianza a los maltratados por las injusticias humanas, uno de esos abogados que se confunden con los jueces de verdad, un tipo, en fin, de esos que nacen con cierta credencial de nobleza estampada en las líneas de la frente.

Cuando llegó el señor Gonzaga, el caballero del gran bufete se levantó y le recibió cariñosamente, brindándole una silla que había junto al escritorio, cerca del sillón giratorio que él ocupaba.

Después de ofrecerle un magnífico puro de la aromada vejiga tabaquera que usaba el profesor legal, díjole en confiado tono:

—Creo que no tardaré en comunicar a ustedes buenas noticias respecto de nuestros asuntos.

—Lo celebraremos infinito, caballero; pero el que hoy me trae a verle es otro bien distinto —contestó Eladislao, dando la primera chupada a su tabaco.

—¡Hola! Veamos. Cuando hay nuevas cuestiones que exponer debe comenzarse por ellas —replicó el abogado disponiéndose a escuchar.

El doctor Olegario Jústiz era un hombre de menos que mediana estatura; pero en su sillón tenía el augusto continente de las antiguos jueces romanos. El busto de su persona era demasiado corpulento tal vez para sus piernas, cortas y endebles relativamente. Acaso por esto le disgustaba defender pleitos en las sesiones de estrado; porque entonces perdía mucho de su venerable apostura. Sentado, ¡ah, sí!, sentado se ostentaba su individuo en toda su admirable majestad. Su cabeza de corte volteriano, pequeña, bien formada, lucía una frente espaciosa, ligeramente marcada por las arrugas de las continuadas vigilias; y su mirada expresiva, brillante, de profundos alcances, delataba de momento al hombre a quien jamás le bastan las palabras para expresar todo su pensamiento. Y no porque fuera corto en buenas frases el doctor Jústiz, no; que a menudo consultábanle los más aclientados legistas, y entonces, cuando algún punto de duda en sus colegas excitaba su reposada argumentación; soltábase la compuerta de aquella catarata de argentinas palabras, y en torrente límpido afluían refrescando las inteligencias de sus consultantes, aclarando las oscuras reflexiones que empañaban alguna imaginación inexperta, o bien desconcertando algún espíritu a sabiendas mal encaminado. Al terminar cualquiera de aquellas catedráticas arengas, paseaba con naturalidad su vista escudriñadora por los rostros de los que le escuchaban, y persuadido del convencimiento que llevara a los ánimos de aquellos compañeros a quienes amaba con profesional cariño, sonreía satisfecho, quitábase los espejuelos —adminículo que parece ser indispensable a muchos grandes talentos y a todos los pedantes que en vano afectan serlo—, y limpiaba los vidrios cuidadosamente con su blanco pañuelo de seda, volviéndoselos a calar y dando con todo esto tiempo a las observaciones que pudieran sugerir sus sólidas doctrinas.

El sabio jurisconsulto sonreía de una manera especialísima. Lo hacía con los párpados y con la frente, moviendo apenas las extremidades de la boca. Pero cuando después de una de sus arengas o de cavilar un rato sonreía, la cuestión quedaba decidida favorablemente. ¡Invención!... No; yo le vi sonreír alguna vez. Sus dos negros ojos, vivos y aún hermosos, se agitaban con breve e inimitable ligereza, sus párpados bajaban y subían con pausada lentitud; sus labios se apretaban suavemente y se contraían con leves golpes de nervio, mientras en su despejada frente se pronunciaban los rastros que dejara el arado del perseverante estudio, sembrando y arraigando la sabiduría. Todo el resto de su faz augusta quedaba como de costumbre, grave, respetuoso. Sus colegas conocían perfectamente su manera de sonreír, y también lo que aquella sonrisa significaba.

Cuando el señor Gonzaga hubo detallado toda la ocurrencia de la desconocida señora, el doctor Jústiz, que no le había interrumpido ni siquiera con un movimiento, quedó un instante meditabundo y luego sonrió.

—Creo —dijo— que la persona interesada en el cobro de ese legado intenta cometer una estafa. Mándenmela acá cuando vuelva...

Hablóse luego del suceso más notable de aquellos días. Del asesinato del señor Nudoso del Tronco y de las prisiones llevadas a cabo. El señor Gonzaga comunicó al doctor el empeño que había mostrado la viuda en salvar a su criado, al cual creía inocente de toda culpa en aquel crimen, y además, la manifestación que había hecho Ana María para que se le repitiera al abogado, esto es: que no se reparase en gastos para salvar a Liberato, de cuya causa deseaba se hiciera cargo el famoso criminalista.

El doctor Jústiz levantó vivamente la cabeza, y mirando con fijeza a Eladislao le dijo:

—¿Eso ha dicho la viuda?

El señor Gonzaga contestó afirmativamente.

—Bueno, bueno... ¡quisiera haberla visto en ese instante!...

Y por breves momentos quedó en silencio profundo. ¿Qué pensó? Su rostro no señaló ninguna idea definida. Pero la imaginación va siempre demasiado rápida. Tal vez sabiendo esto muy bien, se abstuvo de expresar su impresión el abogado. Luego, anudando el hilo de su discurso, agregó:

—De todos modos, hay que tener en cuenta que éste es un caso desesperado; que todos los testigos aseguran francamente haber visto al cochero huir del lugar del hecho; otros dicen que le vieron rondar la cuadra por más de una hora; la misma muchacha en cuya casa se encontraba el señor Nudoso del Tronco, afirma que le vio pasar por la acera y registrar con la vista el interior de la casa, y hasta hay quien jura que le vio descargar el golpe... Yo habría aconsejado a la señora viuda que dejara al esclavo a merced de la justicia para que así librara siquiera los gastos que ocasionará el proceso si los amos se declaran partes... Porque este caso, ya le digo a usted, es desesperado... Pero si al fin ella se empeña... ¿qué hacer?... lucharemos.

Poco después se retiró el señor Gonzaga y pasó a verse con la familia Unzúazu. Refirió a las dos hermanas la conversación y la consulta que había tenido con el abogado, y en lo que respectaba a la señora del crédito estuvieron conforme las damas; pero cuando se trató del abandono del cochero fue otra cosa.

«¡Cómo! ¿Era que sobre aquella casa pesaba alguna maldición sobrenatural? ¿Uno tras otra, todas habían de ser desgracias a cual más horrorosas?» No. Ambas hermanas creían que ya bastaba de indolencia e injusticias. «Liberato era inocente.» Don Acebaldo habría muerto a manos de algún rival enloquecido. ¿No era cosa probada que le mataron a dos pasos de la puerta de su querida? ¿Y quién era el más encarnizado acusador del pobre cochero? La mulata Domitila, aquella «perra salida» que odiaba «al inocente muchacho», porque éste conocía sin duda todos los excesos que allí había cometido «el libertino de su amo». No, Ana María «no le daría gusto a la mulata». «Liberato era inocente», y para probar esto gastaría la señora «cuanto hubiera que gastar». «¿Por qué no prenden a esa mujer? ¡Ah! ¿Ella tiene buenas influencias para quedar impune, siendo la principal causante? Pues bien; mi criado saldrá en libertad. Que se busque por otra parte al culpable.» Y nadie sacó de ahí a la exaltada señora, que de buena fe creía en la inocencia de su esclavo, y se había propuesto salvarle, no tan solo por espíritu de justicia, que esto tal vez era lo que menos la movía, sino porque odiaba a la que en vida de su esposo le había dominado con las caricias que ella le negaba, y no consentiría por ningún concepto que ahora, después de muerto aquél, continuara triunfando sobre ella su rival afortunada.

Y ¿qué era de Federico durante todo este tiempo, desde que murió el señor Nudoso del Tronco? Por ahí andaba Federico. Tenía un nuevo «querindango», y allá pasaba la mayor parte del tiempo, para huir de los llantos de su familia, cuyo duelo no le conmovía, porque se trataba de don Acebaldo, quien nunca le había «mirado con buenos ojos», para evitar encuentros con Sofía, a quien reconocía que había engañado miserablemente, y «podía comprometerle con sus hermanas»; para no encontrarse con el señor Gonzaga, en cuyas severas miradas descubría un constante reproche a su intolerable comportamiento.

—Lo menos que por allí vaya será lo mejor —pensó Federico.

Y así lo hizo. En los días que habían seguido a la violenta muerte de su cuñado se le vio en su casa alguna que otra vez. Y en éstas no pasó nunca de la sala, temiendo tropezarse con Sofía. Cuando en el curso de la conversación supo que la muchacha estaba enferma, afectó suma indiferencia y luego se marchó sin verla. Esto no podía llamar la atención de sus hermanas, puesto que siempre había él procurado evitar toda conversación con la criada, y apenas la había mirado nunca a derechas delante de la familia, hecho que contribuía a que no fueran muy persistentes las sospechas apuntadas contra él.

La conducta de Federico no podía ser más censurable. Algunas veces, en fugaces momentos de íntima honradez, había discurrido con cierta nobleza que no llegó a traslucirse jamás. Pensaba en que debía hacer algo por la mujer a quien había burlado, la cual llevaba en el seno una criatura originada por el abuso que de su situación, respecto de la esclava, había hecho. En tales momentos se le agolpaban a su imaginación su reprobable libertinaje, su comportamiento indigno, y acusábase de «monstruo infame» por el abandono en que dejaba a su víctima. ¿Por qué no había de hacer algo en su favor? «Yo pagaría su libertad», llegó a decirse una vez, y dejó para más adelante ver de qué medios se valía para no significarse en el asunto; porque para él lo esencial era salvar «la moralidad del hogar, el nombre de la familia». Pero el momento oportuno nunca se presentó; y Federico no tenía tiempo para buscarlo. El mediodía tenía que pasarlo con su nueva conquista, una mulatica de buen corte, cuyos padres decían que «estaban por el adelanto de la raza», y habían vendido a poco menos por unas cuantas orgías y otros tantos regalos, a su hija única. Por la tarde tenía el joven que acudir a los cafés en que se reunían sus compañeros de correrías, para saber dónde era la fiesta aquella noche; y mientras llegaba la hora, después de comer en El Palacio Nuevo o Las Tullerías íbase «a matar el tiempo» a cualquiera de los lujosos garitos en que se daban cita para devorarse los viciosos de alta escala, los bandidos de guante blanco, el elemento irreformable de la carnavalada social. Después ya era demasiado tarde, y tenía Federico que ir a recogerse, y como se acostaba muy tarde, su complaciente damisela no le despertaba hasta las diez o las once de la mañana siguiente. ¿Cómo había de tener tiempo que dedicar a la desgraciada Sofía? Y en seis o siete meses que hacía que había recibido su herencia, no había observado otro régimen de conducta, y ya iba tan mermada su fortuna que más de una vez había pensado seriamente en ello; pero no había encontrado manera de reponer las averías si no era por un buen golpe en el juego que la mayor parte de aquéllas había causado, y por esto ahora concurría más asiduamente al tapete, espiando «el momento oportuno en que llegara la suya».

Sofía pasó una noche terrible. Magdalena no abandonó en todo aquel tiempo la cabecera de la pobrecita enferma. Cuando se marchó el médico, como a las diez, había dicho que estaba delicadísima, que si no se producía el aborto habría que operar a la joven y que esto se haría a la mañana siguiente.

La cabeza de Malenita era un volcán. No cesaba de agitarse en ella el cúmulo de pensamientos que desde que supo la revelación de la desconocida señora se apoderó de su cerebro. Y a cada momento se afirmaba más en que Sofía era hija de su propio padre. Y «para causarle más dolor», la madre de Sofía no era una mulata, como se había pensado, así a la ligera, como se piensa en un esclavo miserable que de una o de otra suerte no tiene más que un destino. Sofía era su hermana, era blanca; su padre la había reconocido como hija, una vez que así lo consignaba en el documento en que le acreditaba el legado. Y aquel hombre había sido honrado, y ellas habían estorbado los efectos de aquella honradez. Pero no; ellas no tenían la culpa. «Don Acebaldo, don Acebaldo ha sido el infame.» Así disculpaba en su interior Magdalena su participación y la de su hermana en los infortunios de Sofía. Y ahora, en el estado gravísimo en que la muchacha se encontraba ¿qué hacer? ¡Ah!, ¡si sanara, cuánto habría de hacer la señorita por redimirse de su inconsciente culpabilidad!

Sofía, que había quedado aletargada después de tomar la medicina última recetada por el doctor, despertó y se movió con cierta energía que hasta entonces le había faltado. Magdalena se alegró sobremanera. «¡Ah, si se pusiera buena!» pensó; y entregándose a sus nobles deseos, con la espontaneidad que solía, sin detenerse nunca a refrenar los impulsos del sentimiento que la dominaba, comenzó a hablarle a la muchacha con la mayor dulzura; y viendo que esto animaba más a Sofía, continuó consolándola, acariciándola con una ternura que nunca había experimentado la infeliz enferma. La cual sonreía, y se creía dichosa, y se prometió una nueva vida en adelante, que la colmaría de felicidad. ¿Qué más quería? Habíase logrado contener el aborto. Conservaba en su seno la criatura. Cierto que no la sentía moverse, pero ella creía que su enfermedad debería tener también en relativa postración al ser innato. Sentía un frío extraño en el vientre, pero ¿no sería eso efecto de la misma enfermedad? Ahora se encontraba mejor, se sentía más fuerte, casi le parecía que podía incorporarse; tal vez en dos o tres días se levantaría, y todo habría pasado, sí, todo lo malo, para entrar en todo lo bueno. ¡Ah, Malenita! ¡Qué buena era! ¡Cuánto la acariciaba! Y ¡cuánta sinceridad respiraban sus palabras consoladoras! «¿Libre?... ¡Libre yo! ¿De modo que ya no soy esclava? Mi hijo, mi hijo nacerá libre. ¡Dios mío, gracias, Dios mío! ¡Cuán feliz soy! Mi hijo será mío; no tendrá que sufrir los castigos que tanto he temido, que tanto me han atormentado en sueño. Sí; mi señorita acaba de decirlo. En cuanto me levante de la cama me encontraré en libertad para obrar a mi antojo, seré libre... ¿Será que Fico habrá pagado mi libertad? ¡Ah!...»

Todo esto pensaba Sofía, mientras hablaba Magdalena. La débil enferma no tenía fuerzas ni siquiera para hablar; pero escuchaba a su amita, y su cerebro, bastante despejado por el sueño que le había procurado un calmante restaurativo, se hacía cargo de las palabras de la señorita, y aquellas palabras le sugerían los mentales regocijos y comentarios que he copiado.

Amaneció al fin, y Sofía estuvo muy animosa; habíase decidido a hablar y con tal facilidad lo hizo que a punto estuvo de reírse de la poquedad de ánimo que había demostrado hasta entonces.

A las ocho de la mañana llegó el doctor Alvarado, le reconoció el vientre y volviéndose a la viuda, que era la que ahora estaba en el cuarto, con visible descontento díjole que era de necesidad imprescindible la operación anunciada.

Pero Sofía no sabía nada de lo que había dicho el médico; por el contrario, le parecía que todo se debía a la anciana Maló, y que la criatura «sobre todas las cosas» se salvaría. Cuando diagnosticó el doctor estaba desmayada Sofía, y así era que ignoraba los temores del facultativo. Ana María llevó hacia fuera al doctor, expúsole la situación y el empeño que tenían ella y su hermana Malenita de que sufriera la muchacha lo menos posible. Y acordaron que se la cloroformase, para cuyo efecto al instante envió el señor Alvarado a buscar a otro médico amigo suyo, porque estimaba que ya se había perdido más tiempo del que conviniera para la restitución de la salud a Sofía.

Para cuando, a cosa de las doce, se levantó Magdalena, encontró a la enferma mucho más aliviada. Quejábase ésta de los dolores que le había dejado la operación facultativa, pero nada sabía de lo que por ella había pasado; sentíase aligerado el vientre, pero esto lo achacaba la joven, en sus figuraciones, a la mejoría natural de su quebrantamiento, y no a la extracción operada, de lo cual no había tenido ni tenía conciencia.

Magdalena creyó que era un buen presagio el que la muchacha hubiese malogrado el feto, y ya no se preocupó tanto por el conocimiento del amante que había tenido Sofía. Pero daba vueltas en su imaginación a la idea de comunicar a la enferma sus impresiones. ¿Por qué no había de hacerle saber que era su hermana? Esto compensaría en gran parte sus pasados sufrimientos. Y cuando entre sus brazos la estrechara llamándola: «Hermana mía» ¿cuánto no sería el placer de la infortunada joven, cuya pasada existencia tanto se había amargado con el crudo trato que como a esclava se le había dado?

Luego pensó Magdalena, que los consejos de Eladislao la guiarían mejor. No le había visto la noche pasada; de ser así se lo habría dicho todo y ya sabría a qué atenerse. Pero ahora le vería. Si no estaba en el salón-escritorio del comedor, no tardaría en venir el caballero; y allá se fue la señorita, ansiosa de quitarse el peso abrumador que la aplastaba la conciencia.

En cuanto a su hermana Ana María, viendo Magdalena la poca importancia que aquélla había dado a la revelación, se había propuesto no decirle una palabra si ella no provocaba el asunto; y la viuda no tenía tiempo que dedicar a estos pensamientos. Pensaba solamente, con poco dolor, es cierto, en la violenta muerte de su esposo, y le dominaba, más que todo, la idea de que Liberato saliera en libertad «para que no se riera de ella la mulata».

Ana María era esclava de sus pasiones, y ya que su hermana demostraba tan grandes simpatías por el señor Gonzaga, en quien por algún tiempo llegó ella a pensar con fruitivas esperanzas, había procurado desvanecer de su mente este capricho, y en cierto grado lo había conseguido salvo cuando los veía platicando con la amable inteligencia que siempre lo hacían tratando de cualquier asunto. Entonces sí, sentía la señora despechados celos, y afeaba interiormente la conducta de su hermana, y hacía propósito de aconsejarle la prudencia necesaria pero aunque había dejado caer algunas reticencias, bien pronto había variado el giro de sus intenciones, al notar la decidida independencia de carácter de la bella Magdalena. Y había adoptado en este punto una actitud pasiva, expectante. Si crecía el afecto y su hermana se inclinaba a olvidar lo que se debía a sí propia, lo que debía «al buen nombre de la casa», entonces sí, nada le detendría; pero mientras tanto observaría, vigilaría y estorbaría que «la voluntariosa chicuela arrastrara por el suelo el honor de la familia».

Entró, pues, Magdalena en el salón-escritorio, y allí encontró a Eladislao, sentado en el bufete, en actitud meditativa.

—Perdóneme usted, mi buen amigo, si le interrumpo —dijo Magdalena al caballero.

Éste se levantó y fue a recibir a la joven.

—¿En qué puedo servirla, señorita? —preguntó aquél con su natural amabilidad.

—Me encuentro perpleja, Eladislao, respecto de lo que debo hacer en el asunto de Sofía, que nos comunicó usted ayer, y desearía oír su opinión...

—Paréceme —contestó prontamente el señor Gonzaga—, que nada puede hacerse hasta que venga mañana esa señora. Porque, si no resultara ser efectivamente la madre de Sofía, se le causaría un nuevo dolor a la muchacha y, la verdad, dada su situación, debe irse con mucho tacto, así para no darle una sorpresa demasiado súbita, como para evitarle una decepción. Ambas cosas temo que habrían de resultarle fatales.

Magdalena se quedó pensativa.

—¿Pero no dijo usted que estaba seguro, por los documentos que le presentó esa señora, de que Sofía era la legataria que menciona el pagaré? Luego, es mi hermana, y...

—Si, señorita; tengo la convicción de que Sofía es la joven que se menciona. En ningún archivo ni en documento alguno de la casa ni de las oficinas públicas he encontrado la constancia de su esclavitud, y es claro que esa joven no perteneció nunca a la servidumbre; y dado cuanto dicen ustedes y los criados más antiguos de la casa, ella es la Juana Sofía que se cita; pero no sabemos si la que reclama es su madre. Figúrese usted que no lo fuera...

—Perfectamente; nunca dejaría de ser Sofía quien es.

—Convenido, yo no discuto eso. Me concreto a la autenticidad de la madre y su derecho para cobrar la manda de su hija, a la cual cree muerta.

—Bien —dijo Magdalena—, yo a mi vez no me ocupo de semejante asunto, que en buenas manos está sino de Sofía, simplemente. De todos modos ésta, y no la señora, será quien percibirá el legado; lo que yo desearía es el medio de hacerle saber a la pobre muchacha su verdadera condición. Ya he adelantado en gran parte el camino, ya sabe que es libre, que en cuanto se ponga buena quedará a su albedrío, y, como es natural, recibió la noticia muy contenta, por más que en su estado de debilidad apenas ha podido expresar sus sentimientos; pero se le notaba en el rostro la favorable impresión que le causó. Creo que esto ha contribuido mucho a mejorarla.

Eladislao no ocultó la contrariedad que experimentaba al oír a Magdalena. Habría preferido que nada se le dijera a la joven hasta que se hubiera puesto en claro todo; pero ya que se le había dicho, indicó a Magdalena la conveniencia de que nada más le anunciasen hasta que se viera al día siguiente lo que resultaba de la entrevista que había de efectuarse con la presunta madre de Sofía. Así lo prometió la señorita, y se retiró a ver cómo seguía la muchacha, cuya mejoría era bien manifiesta. Charlando la encontró con Julita, y después de aconsejarle que no hablase demasiado todavía, se retiró de la estancia.

Al siguiente día y a la hora convenida se presentó la señora de los documentos, acompañada del verdoso jovencito que con ella había venido el primer día. Esperábala el señor Gonzaga.

Después de los correspondientes saludos y una vez que hubieron tomado asiento, dijo Eladislao:

—Hay un error muy grande en todo este asunto, señora. La hija del difunto señor Unzúazu no ha muerto.

—¡Que no ha muelto! —dijo muy sorprendida la señora, y sin demostrar por ello alegría.

—No, no ha muerto; vive, y se halla en esta casa.

La señora palideció y dirigió una rápida mirada al jovencito, que no demostraba menos admiración y disgusto que ella.

—¿Es decir que el canalla de Unzúazu, me tenía hecha otra cochináa? ¿Es desil que me engañó miserablemente?

¡Infame! Hasta la tumba llevó su mardá... Pero, vamos, si no puede sel...

—No sé de qué infamias pueda usted lamentarse, señora; pero en lo que respecta a Sofía, le repito que vive, y se encuentra en esta casa.

—Pero, bueno —dijo agriamente la señora—, ¿no se puede vel a esa muchacha? ¿Por qué me la esconden? ¿No es mi hija?...

—Tampoco a eso puedo contestar a usted satisfactoriamente, señora. Permítame que haga venir a la señora viuda de Nudoso, la primogénita del difunto señor Unzúazu.

Y el señor Gonzaga mandó a llamar a Ana María. Con ella estaban su hija Julita y Magdalena, y a un tiempo vinieron las tres al salón-escritorio.

—He aquí, señoras —les dijo Eladislao cuando hubieron entrado—, la señora que reclama el legado de Juana Sofía, la hija bastarda del difunto de ustedes.

Ana María no hizo el menor movimiento de cortesía. Miró fríamente a la mujer, que se había puesto de pie, y luego dijo al señor Gonzaga:

—Pero esta señora dice que Juana Sofía ha muerto, y no es así. Y si el legado es a la hija, si ésta existe ¿cómo ha de entregársele a la madre? Además ¿cómo prueba esta señora que es madre de esa muchacha?

—¡Ah! sobre eso no cabe duda, señora —contestó la mujer—. Aquí tengo la fe de bautismo de mi hija, y traigo también mis documentos que lo ponen todo en su punto y lugal.

Y sacó de una maletica de brazo una cartera que contenía los papeles que mencionaba.

El señor Gonzaga los leyó detenidamente. Y en efecto, Juana Sofía, hija adulterina de doña Manuela Corrales, naturales de Tirajana, y de don Sebastián Unzúazu, etc., había nacido el día 30 de septiembre de 1860, en la ciudad de Belmiranda, y había sido bautizada en la parroquia del Caimitillo, a dos leguas próximamente de la ciudad. Los demás documentos también estaban en buen orden.

Ana María dijo que de todos modos era Sofía y no su madre quien debía cobrar aquella manda.

—Pero mi hija no puede tenel más representante que su madre, y por tanto...

—Aún no he visto, señora —interrumpió la viuda—, el interés que como madre se toma usted por su hija. En tantos años ¿cómo no ha procurado usted saber de ella?... Aquí se encuentra, está enferma... ¿cómo no ha intentado usted...?

—Señora, yo no sabía que mi hija vivía. Su mismo padre me comunicó que había muelto; y ahora mismito estaba suplicando a este señol pa que me dejara verla, cuando él las llamó a ustedes —dijo con atristado tono la mujer—. Además —agregó—, yo no sabía que ella estaba enfelma y...

Magdalena, que no había hablado una palabra, no pudo contenerse ahora y dijo a su hermana:

—¿No te parece que sería bueno que la viera? Esto alegraría mucho a Sofía, la pobrecita...

—Debe preparársela antes, porque también mata la alegría, y más estando como está ella tan delicadamente enferma.

Magdalena, entendiendo que su hermana asentía, se dirigió a toda prisa al cuarto de Sofía, y no era de creer que, según el propio regocijo, valiera de mucho la indicada precaución.

Pero Magdalena no tuvo el gusto de ser la noticiera; ya Julita había ido corriendo a decirle a Sofía:

—Fifa, Fifa, ahí está tu madre.

—¡Mi madre! —dijo la muchacha, tomando por algún inocente error la noticia de la niña—. ¡Bah! —dijo luego Sofía— si yo no tengo madre, vida mía...

—Sí; yo la vi. Está allá adentro hablando con mamá y con tiíta. Es una señora así... ¡más gorda!

Sofía creyó de pronto que podría ser doña Brígida. ¡Ay, qué dicha! ¡Ahora que iba a ser libre, tener a su lado a aquella señora que tanto la había querido cuando era niña!...

—¿Es muy vieja esa señora? —preguntó Sofía a Julita, demostrando ya marcado interés.

La niña se encogió de hombros y contrajo los labios como diciendo, «yo no sé». Y luego dijo: «Maló es más vieja que ella».

Así fue que cuando llegó la noticia formal, encontró Magdalena bastante preparada a Sofía, que sin conmoción pasó a la certidumbre de que allí estaba en efecto su madre. Pero a pesar de todo, Sofía sintió como que se le oprimía el pecho y el corazón se le agrandaba. La inevitable emoción de una noticia agradable suplió en este caso a la congojosa sorpresa de una nueva inesperada.

Poco después recibió a su madre la joven. Nada de: «¡Madre mía!». Nada de: «¡Hija de mi corazón!». Allí no hubo nada de eso. Sofía se había incorporado en su catre, y cuando entró la señora, miráronse ambas con curiosidad, como si las dos buscasen, cada cual en el rostro de la otra, una señal evidente de que no se equivocaban.

—¡Ay! —dijo Sofía, la primera—. Esta señora es la que me iba a comprar cuando me encontró en la calle el caballero y me trajo para acá...

—¡Bien desía yo! —exclamó luego la señora—, que yo había visto esta cara en argún lugal. Pero, ¿tú, mi hija, y esclava? ¿Qué quiere desil esto?...

Y la señora, sin ninguna demostración de regocijo por haber encontrado a su hija, interrogó con la vista a los que con ella habían venido hasta la habitación.

—Dispense usted, señora, yo le explicaré después cuanto ha ocurrido en este caso —díjole a media voz el señor Gonzaga, que se encontraba cerca de la mujer.

—Sí —dijo en tono de reproche Magdalena— todo se le explicará; pero a esta señora lo menos que parece importarle es su hija. Y volviéndose hacia Sofía que alelada paseaba de uno en otro la mirada, le dijo:

—No te aflijas Sofía; si tu madre no te ama, en mí siempre tendrás una hermana. Así te pagaré los sufrimientos que todos te hemos hecho experimentar. ¡Ah! Abrázame, hermana mía, abrázame —y diciendo esto la rodeó efusivamente con sus delicados brazos, mientras continuaba diciéndole—: Sí, sí, yo te haré olvidar todas las penas pasadas. Todo se ha puesto en claro ya. Anoche no te di completa la noticia; pero tú eres hija de mi padre, Sofía, somos hermanas, hermanas; nos querremos mucho ¿no es verdad?

Sofía se estremeció como si la tocara una corriente eléctrica. Con un inesperado movimiento echó hacia atrás el cuerpo, colocó las manos en los hombros de Magdalena, y con ojos que parecían querer saltarse de sus órbitas, la miraba rectamente diciendo con nerviosa voz:

—¡Mi hermana!... ¡Mi hermana!... ¡El amo viejo es mi padre!... ¡Entonces Fico!...

—Sí, hija mía, sí; Fico y también Ana María y yo somos tus hermanos; todos te...

Pero Magdalena no pudo acabar la frase. Un temblor convulsivo, creciente, se apoderó de la enferma joven; sus ojos giraban en sus hundidas concavidades como si fueran a volverse hacia dentro; hincháronsele las venas, crispáronsele los nervios; las manos que había puesto en los hombros de Magdalena se contrajeron fuertemente, y sus dedos, como tenazas de hierro oprimieron sus carnes que tenían en contacto. Magdalena lanzó un grito de dolor y de miedo. El congestionado rostro de enferma tomó una expresión horrorosa. Al separarse Magdalena para huir de la presión de los dedos de Sofía, dejó ésta escapar un grito agudo, nervioso, indescriptible, y exclamó...

—¡Mi hijo! ¡Dios mío! ¡Fico! ¡Maldición!... —y cayó de espaldas como si fuera herida por un rayo.

—¡Pronto! —gritó Magdalena—. ¡El médico! Se muere, se muere la infeliz. ¡Yo la he matado!

Y llorando, desesperada, loca, se abalanzó a abrazarse con el moribundo cuerpo que iba enfriándose gradualmente. A viva fuerza arrancaron de allí la joven, entre la confusión general que se siguió.

Cuando llegó el médico, que vino pronto, reconoció el cuerpo de Sofía, y:

—Esta señorita es la que necesita mis servicios —dijo, dirigiéndose a Magdalena, a quien habían colocado en el sillón de badana roja y clavadura amarilla que se encontraba en la estancia, cual testigo mudo de toda una época de miserables engaños y de indisculpable perfidia.

La inocencia pagaba su tributo a la maldad. El vicio y la depravación, engendrados por un sistema infernal, agregaban una nueva víctima al inmenso catálogo de sus infamantes reincidencias.

Sofía había dejado de existir.

XI

Durante el consiguiente atolondramiento de cuantos en la casa se encontraban, cuando el médico declaró cadáver el cuerpo de Sofía, en la puerta de la calle se representaba otra escena. El agente secreto de la policía, que se había hecho cargo de las averiguaciones del crimen cometido en la persona del señor Nudoso del Tronco, había llegado y preguntado al portero por el señor Gonzaga; y el criado le contestó que el caballero estaba ocupado, que no le recibiría hasta que terminase «cun ellus».

—¿Quiénes son ellos? —volvió a inquirir indiferentemente el policía.

—Una siñora jorda que ya vinu otra vez cun un siñuritu fracu que le sirve de bastón.

Y el portero sonrió guiñando un ojo, como signo que imaginó expresivo de su agudeza.

El agente secreto no interrogó más, pero a su vez sonrió, quizás con idea muy lejana de la satisfacción que experimentaba el portero. No quiso el hispano detective aceptar el asiento que le ofrecía en el zaguán el bonachón descendiente de Santiago, y comenzó a dar cortos paseos por la acera, frente a la puerta de la casa. Y así continuó por espacio de más de una hora.

Nada en aquel hombre denotaba exaltación. Diríase que gozaba esperando. Su paciencia parecía ser inagotable.

Una de las primeras personas que recobraron la calma en la estancia mortuoria fue doña Manuela, la madre de Sofía. Procuró entristecerse lo más que pudo, hasta lloró un poco, y con aire compungido salió, dirigiéndose al despacho en que había sido recibida por el señor Gonzaga. Éste la siguió por pura cortesía y la ofreció un asiento; pero la señora no lo aceptó, y excusándose con una excitación nerviosa que no sentía, se dispuso a retirarse.

—Debo malchalme, caballero —dijo—. Comprendo que yo no he de sel necesaria en la muelte de mi pobre hija, que bien merese que la cuiden y la miren los que tan desgrasiada la han hecho. Además, yo he visto bien claro la ojerisa que sin conoselme ni nada me tienen los dueños de esta casa, y ¿pa qué voy yo a sufril más despresios? Si mi hija viviera... pero ya que ahora es veldá que ha muelto, usté me dirá qué hemos de hasel tocante a su herensia o legato como ustedes disen.

—De todo se encargará el abogado de la señora viuda de Nudoso —contestó Eladislao con harta sequedad, porque también a él le causaba repugnancia aquella mujer que no demostraba poseer ningún sentimiento noble.

—A él deberá usted acudir desde mañana, puesto que hoy será informado de todo.

Y dio a la señora la dirección del doctor Olegario Jústiz.

—¡Bendito sea el Señol! ¡Cuántos afanes pa cobral una deuda tan sagrada! —dijo la mujer, y agregó luego—: En fin, sea como Dios quiera. Para selvil a usté, caballero.

—Adiós, señora —dijo Eladislao, y se dispuso a volver al cuarto en que habían quedado con el cadáver las dos hermanas. La señora salió, seguida de su canijo y verdoso acompañante.

El hombre que se paseaba por la acera se dirigió a los que salían, y sin más ceremonia, dijo:

—Acabo de salir del hotel, señora, y me han dicho que aquí podría encontrarla, y no he querido perder momento...

—Pero yo no lo conosco a usté —dijo con destemplanza la señora.

—Bien puede ser, pero yo sí la conozco a usted bastante, aunque por referencias, y tengo el honor de ofrecer a usted mis servicios.

Y entregó con afectada cortesía una tarjeta a doña Manuela. Ésta deletreó en voz alta: «Andrés Ber-nal-dez y A-ti-na-do. A-gen-te es-pe-cial de la po-li-cía gu-ber-na-ti-va».

La señora palideció visiblemente, y su compañero dirigió con desasosiego una extraña mirada al agente y a la mujer; pero, como siempre, permaneció mudo. Aquel joven tenía muchos puntos de contacto con esos incurables anémicos idiotizados, cuyo exterior repugnante inspira lástima si no asco, a la generalidad de las gentes que los contempla.

La señora se repuso y contestó, devolviendo la tarjeta:

—Doy a usté las grasias, señol mío; pero yo no necesito pol ahora los servicios de la polisía; quisás no talde en abisarle a usté.

Y como acometiera a emprender la marcha, dijo el agente:

—Vamos que se ve perfectamente que lo entiende usted; pero esto no vale ahora. Tengo la orden de detener a doña Manuela Corrales, alias «Viuda de Mendoza» donde quiera que la encuentre, y como aquí he encontrado a la señora, le suplico tenga la bondad de acompañarme.

—¿Yo? ¿Qué tiene que ver conmigo la polisía?

—Señora, no provoque usted un escándalo. Yo no soy a los ojos del que nos vea más que un individuo particular. Esto no atrae la atención. De otro modo el mal será para usted, porque de cualquier manera ha de ir conmigo.

Doña Manuela entendió que no había por el momento más remedio que hacer lo que el agente decía. Y ahora creyó el enclenque jovencito que debía decir alguna cosa.

—Siento la novedad, señora —dijo con atiplada voz—, pero como ya no le hace falta mi compañía, me retiro y pasaré a ver en qué para esta detención, que es indudablemente un error.

Y ya volvía la espalda cuando le dijo el secreto agente:

—Vaya, vaya. ¿Van ustedes a apurar mi paciencia? Deteniendo a doña Manuela Corrales, alias «Viuda de Mendoza», ¿era necesario especificar la detención de su inseparable Rafael Arteaga, alias «Mosquito mudo»?...

El joven se quedó paralizado. Su rostro tomó un color indefinido, y todo azorado miró en derredor suyo.

—No intente usted huir, porque al primer paso la atravieso con una bala —dijo el agente como adivinándole el pensamiento, y llevando la mano al bolsillo de su paletó.

En ambas esquinas, además, se vio una pareja del Orden Público. La fuga era imposible.

¿Estarían allí aquellos guardias, en combinación con el agente secreto? No es probable. El odio profesional es implacable entre los empleados de la autoridad. Por lo general el agente de policía que no es un cobarde, jamás invoca el auxilio de sus compañeros aun en las casos en que puedan faltarle las fuerzas para vencer. El orgullo de clase, el egoísmo individual se sobrepone a todo. Y esto era tan evidente en el agente Bernaldez y Atinado, que pocos de sus mismos compañeros le conocían personalmente.

Echaron, pues, a andar los tres individuos, y cualquiera que entonces los viera, camino de la jefatura, no se habría preocupado mucho, creyendo ver tres amigos que pasaban por la acera. Tal parecían, salvo el aire anonadado del llamado Arteaga, y la desafiante actitud de la señora Corrales.

Mientras tanto, en casa de los Unzúazu disponían todo lo necesario para tender convenientemente el cuerpo de la difunta Sofía. Magdalena había sido trasladada a su aposento y el médico no había abandonado aún su cabecera, porque el estado de la joven demandaba sus expertos cuidados.

Mucho tardó en volver a la razón Magdalena, y su primera palabra fue el nombre de Sofía. Después suplicó a su hermana que «nada le faltase» a la finada. Y así se hizo. Para tener más seguridad, Magdalena encomendó a Eladislao la inspección de todo.

El médico intervino para impedir a la señorita que se ocupase más de aquel asunto. La fiebre abrasaba la fresca sangre de la joven, y si continuaba excitándose no se podía prever lo que resultaría. Esto fue un oportuno aviso. Y Magdalena, a su pesar, se vio compelida a guardar cama. Ana María quiso procurar algún consuelo a Malenita, a quien entrañablemente amaba. Viendo que la enferma persistía en levantarse para ver siquiera una vez más, «la última», el cuerpo de «su maltratada hermana», díjole la viuda de Nudoso:

—¿Quieres que la tendamos en la sala, Malenita?...

Nada más dulcemente consolador podía decírsele a la sensible señorita. ¡Cuánto no daría y haría ella para descargar en algún tanto el tormentoso peso que la infelicitaba, con el constante recuerdo de la triste y degradante vida que por su abandono de opulenta criolla había sufrido la desdichada Sofía!

Y más aumentaba su martirio la indolencia de Ana María, que no llegaba a medir, según su actitud, la penosa importancia de las injusticias por ellas cometidas, aunque inconscientemente.

Así fue que las palabras de Ana María tenían para Magdalena la doble significación del rescate de la nobleza de alma en la viuda, y la dolorosa complacencia de ver por entre las cortinas el cuerpo de la infortunada hermana a quien había tratado siempre como esclava. Pagó con un abrazo la bondad de Ana María y ésta fue a dar las órdenes necesarias para verificar lo acordado.

Magdalena siguió mejorando desde que vio el cadáver de Sofía tendido en la sala.

La llegada de la señora de Gonzaga, la cual, por impulso de su extremada delicadeza, había querido acompañar, siquiera por algunas horas, el cuerpo de la desventurada joven cuya vida había sido un continuo cuanto inmerecido suplicio, le contrarió en sumo grado —porque Magdalena amaba a Eladislao; pero razonable como era, no pudo menos que afearse el sentimiento injusto que de ella quería apoderarse—. Hecha la presentación de América a las dos hermanas, la frialdad que aquélla creyó notar en el recibimiento, atribuyóla a las circunstancias del momento, y procuró ser útil a las amigas de su esposo. Y todo concluyó por favorecer a Magdalena. Con el cúmulo de pensamientos que le sugirió la presencia de la buena América, adormeciéronse las dolorosas ideas que en su ánimo crearon la revelación del parentesco de Sofía y la súbita muerte de la desgraciada muchacha. A Magdalena le pareció que América era hermosa; a veces pensó en que era más hermosa que ella; sabía que era buena y que amaba a su marido; y pensando en cuánto a su vez amaba ella a Eladislao, se decía: «No, ¡imposible! tú le amas porque es tu esposo; porque te dio su nombre, porque te enaltece con sus preferencias; en ti va más el agradecimiento que el amor. Si él no te hubiera propuesto el matrimonio tú le hubieras despreciado quizás; hubieras herido su altivo corazón, tan dulce sin embargo para las personas que merecen su cariño. En cambio yo, que sé que es casado, que no me pertenecerá jamás, yo que sé que cometo un crimen moral amándole, no procuro sustraerme a la influencia de mis sentimientos, y le amo, sí le amo; y le amo más y mejor que tú, porque le comprendo como no es posible que tú le comprendas. ¡Mentecata!... ¿Qué me importa su cuerpo?

Me basta con su alma, y ésa me corresponde; bien lo he visto más de una vez. ¡Es mía, sí, mía, mía!...».

Tal fue la exaltación mental de Magdalena, que las últimas palabras las pronunció a media voz y las oyó distintamente América, la cual se hallaba junto a la cama. La señorita cayó en un letargo, por aquel esfuerzo cerebral en su debilidad nerviosa, y la señora de Gonzaga fue la primera que acudió en su auxilio. ¡Cuán lejos estaba ella de creer que la enferma al decir: «¡Es mía, sí, mía, mía»!; se refería al alma de su esposo, apoderándose de aquel amor del cual ella a su vez habría dicho: «¡Oh, no! ¡Mientes! No puede ser tuya, porque su amor entero lo poseo yo, y me pertenece; su alma es mía, sí, mía, mía!».

Algunos instantes después volvió la lucidez a la joven. Al verse tan solícitamente atendida por la esposa de Gonzaga no pudo menos que dirigirse un reproche por su injusta predisposición contra la noble señora. Obedeciendo a su natural honrado no pudo menos que sonreír con agradecimiento a la dama, si bien seguidamente sublevóse en su imaginación el egoísta sentimiento que terminaba siempre por avasallarlo todo. Y cerró los ojos, acaso para entregarse al genio tentador del mal del que pugnaba por manifestarse y delatar los pensamientos que se agitaban en lo más íntimo de su conciencia. Y allí, retirada a un ensimismamiento impenetrable, desató sus pasiones y se abandonó por completo a sus cavilosidades y envenenada por el odio que a su pesar respiraba, lloró amargo llanto y aun llegó a envidiar la suerte de Sofía que de una manera tan inesperada había huido de este mundo.

América, afligida por las lágrimas que, deslizándose por entre los cerrados párpados de Magdalena, veíalas correr bañando aquel rostro demudado, y ahora embellecido con la extraña hermosura del dolor inconsolable, lloró a su vez, y en su interior loaba la bondad de la joven, y bendecía sus sentimientos, forjándose en su natural noble y honesto, que eran causadas por la muerte de la infortunada Sofía y los remordimientos por los indemnizables males que en vida le ocasionara. Ana María era la única que no se engañaba al observar el dolor que experimentaba Magdalena. Ella adivinaba que no tenía otro fundamento que la ciega pasión que por Eladislao sentía su hermana, la compadecía, sí, es cierto, pero con esa compasión que nos inspira el malhechor que, por habernos robado algún preciado objeto, sufre una penosa condena, de la cual quisiéramos librarle cuando ya es muy tarde para aligerarle el castigo.

El entierro de Sofía se efectuó a la mañana siguiente, con escaso acompañamiento; pues solo acudieron algunos amigos del señor Gonzaga y muy pocos de la familia Unzúazu, que no se atrevió a extender las invitaciones más allá de lo que estimó prudente.

Cuando pasó el fúnebre cortejo por la calle del Ciprés, atravesábala Federico, quien con dos amigotes suyos iba camino del Barrio Viejo. Por la fuerza de la costumbre se descubrió hasta que pasó el féretro y saludó con un movimiento de cabeza al señor Gonzaga que iba en uno de los coches. Vio a dos o tres conocidos más, y también los saludó.

—¿De quién será el cadáver? —preguntó uno de sus compañeros.

—¿Qué sé yo? —contestó Federico—. De alguno que se le enfrió el cielo de la boca. Date prisa que si no va a dejarnos el tren.

Y los tres continuaron su marcha hacia el paradero del ferrocarril sin ocuparse más de tan vulgarísimo suceso.

La madre de Sofía y su acompañante, continuaban en la jefatura de policía.

Habían pasado una noche de horribles zozobras, porque temían que había de ser larga su prisión. En el convencimiento que tenían de sus crímenes, conformábanse con cualquier castigo que les conmutase la pena capital del que se juzgaban acreedores.

Bien sabía doña Manuela «quién era ella». El señor Unzúazu, que se había enamorado de la moza desde que a su llegada de las Islas fue amparada por la caritativa doña Quillita, su paisana, la esposa de don Sebastián; después de haberla establecido con ostentosa holgura, cansado al fin de sus infidelidades, habíala abandonado el caballero, quitándole a Juana Sofía, la hija que de aquella ilícita unión habían tenido; y para más romper los lazos que a su antigua querida pudieran atarle, habíale dicho que la niña había muerto en el lugar de campo a que la enviara.

Y ahora en la soledad de su celda, repasaba aquella mujer nacida para la maldad, la vida degradante a que desde el rompimiento con don Sebastián se había entregado. De uno en otro había ido variando de amantes que no tardaron de cansarse de sus empalagosas caricias de mujer inculta, y cuando ya en el mercado inmoral de Belmiranda no tuvo demanda su desgajado cuerpo que iba tirando a incomerciable obesidad, siguió el consejo de algunas del oficio, y se trasladó a La Habana, donde se propuso establecerse «con toda formalidad». No tardó en reunir un «escogido pupilaje», y ocultó la podredumbre de su ramo con unas cuantas piezas de género y algunos maniquíes mal vestidos, a más de un par de vidrieras con unos colgajos. Era un «taller de modista» que fue pronto abandonado de las señoras para ser concurrido por hombres licenciosos, y jóvenes casi niños que iban allí a derrochar su naturaleza y el dinero de sus padres. Entre los más jóvenes iba muy a menudo uno, estudiante, hijo de padres pobres que no residían en la capital. Éste era el Rafael Arteaga, el que ahora la acompañaba, y a quien las alocadas pupilas apodaron «Mosquito mudo», por la zorruna manera con que brincaba sobre ellas y las mordiscaba a todas sin que tuvieran tiempo a prevenir sin mucho escándalo sus rastreros asaltos. Rafael, pues, fue muy luego el amanuense de la malévola matrona. Él llevaba las cuentas, hacía los recados y husmeaba los lugares en que había buen ganado, facilitándole al buitre de la modista, su protectora, el que cayera sobre carne fresca para el abastecimiento de la casa.

Doña Manuela continuó en su falsa industria; porque con esta bandera cubría mejor su mercancía de contrabando, y no la obligarían a vivir en sospechoso vecindario que le ahuyentara su adinerada clientela. Y la buena señora marchaba felizmente, aunando voluntades, zurciendo amancebamientos y combinando habilidosamente alguno que otro desgraciado casorio. Aún no había perdido del todo su crédito, y así era que cuando el pervertido mozo le traía buenas noticias, poníase en movimiento la modista-agente, veíasela correr en coche arriba y abajo, a las puertas de algunas oficinas, o detenerse a cierta distancia de los cafés y restaurantes, haciendo llamar a tal o cual caballerete; y otro día, abajo y arriba, muy agitada, en coche, llevando líos y cajas, acompañada de alguna aprendiza inteligente en vuelos de todos giros, entrar y salir de cual o tal casa de mal parada hacienda, en que había una o más señoritas casaderas; o bien por esta o la otra calle de los arrabales de la ciudad, incitando a esta o la otra jovencita de la raza desheredada, y aconsejando a sus padres para que la colocasen en su casa, donde la enseñaría el arte con toda perfección, y de donde a su tiempo saldría bien acreditada. Y doña Manuela, que con el trato continuado con gentes instruidas había adquirido cierto mal barniz de jubilada hetaira, lograba casi siempre el objeto de sus comisiones; y algunas semanas después de cualquiera de estas correrías, hablábase en los círculos correspondientes, del concubinato de la joven Tal con el señorito Cual o con el viejo ricacho don Fulano de Alcornoque; o bien: «¿Sabes quién se fue con Mengano? Zutana»; o de otro modo: «Adela Méndez se ha comprometido con don Fidel de la Riva, y tiene la gran casa». Adela venía a ser alguna de las mulaticas aprendizas o costureras de doña Manuela, que «salía bien acreditada y enseñada a perfección», muchas veces con no pequeña satisfacción de las madres, que juzgaban «bien colocadas» a sus hijas, porque un caballerito de la Riva les pusiera casa con muebles a lo Luis XV y cama de hierro con bastidor alambrado. Los demás «acomodos» verificábanse regularmente en las casas que algunos días antes recorriera agitada, en coche, acompañada de «alguna aprendiza inteligente en vuelos de todos giros», la zalamera y agenciosa señora doña Manuela Corrales. Conocíala ya un extenso número de personas en la capital, y aun fuera de ella; pero muchas familias la recibían como una bendición en la casa, porque no a todas les había ido mal con los oficios de la activa acomodadora.

Todo marchaba con tolerable normalidad en beneficio del bolsillo de la matrona, cuando se le apareció una tarde doña Brígida Correoso, la anciana señora que tanto defendiera a Sofía de las brutalidades del señor Nudoso del Tronco. La noble isleña, conociendo a la madre de Sofía, había indagado por ella en Belmiranda, y como le dijeran que en La Habana estaba, le diera una de las cofrades de Manuela, dirección exacta de esta mujer, sin más demora a buscarla se fue la buena anciana, a fin de entregarle los documentos de que era ella guardadora por encargo del señor Unzúazu, el cual en la hora de su muerte le había recomendado la adopción de la inocente bastarda; y como doña Brígida no sabía leer ¿quién mejor que la madre de la muchacha podría gestionar su rescate?

Pero doña Manuela carecía de entrañas. ¿Qué se acordaba ella de su hija? Le estorbaría para su impuro comercio, y pensó que mejor estaría donde estaba, ya que no se había muerto, como le había dicho don Sebastián. «¿Que la trataban como esclava? ¡Bah! ¡Cosas de la aprehensiva vieja! Todo sería porque la harían trabajar en la casa. Mejor, que trabajara. Así sería una mujer de provecho.» Pero doña Brígida, al ver esta actitud, se negó a dar los documentos cuando se los pidió la matrona. Ésta, que era sumamente codiciosa, ideó un plan diabólico. Púsolo en conocimiento de su maldito cómplice, y el muchacho asintió a todo, como hacía siempre que algo le proponía su protectora. Quedóse a dormir en la casa aquella noche doña Brígida, para volverse a Belmiranda al día siguiente. Diéronle al acostarse una taza de chocolate acompañada de magníficos bizcochos, tomóla agradecida la buena señora, y una hora más tarde era cadáver. Doña Manuela se apoderó de los documentos, vistió, auxiliada de su compinche, con una andrajosa ropa a la anciana, y con un ligero chorro de monedas acalló luego la voz de la justicia, logrando que los representantes de la ley hicieran decir a los periódicos noticieros, que «una mendiga que no había podido ser identificada se había suicidado en un establecimiento en que le habían permitido pasar la noche», y que las operarias de la casa declaraban que «la desdichada mujer se había lamentado desesperadamente de su extremoso estado de destitución y su cansancio de la vida». Y nadie se acordó más de «la infeliz mendiga».

La desesperación de doña Manuela, sin embargo, no tuvo límites, cuando se persuadió de que de nada valdrían aquellos documentos hasta pasados doce años que, con los ocho que cumplía Sofía montaran a los veinte señalados en las instrucciones para el cobro del legado. Y la matrona guardó sus papeles y no volvió a ocuparse más de la existencia de su hija.

Pero no faltaron hablillas entre las compañeras. Algunas se fueron de la casa, temerosas de tener un fin parecido al de la vieja que todas habían visto entrar viva y sin ningún andrajo y a la cual sacaron luego muerta y andrajosa. Y el negocio vino a menos; y ya no pudo sostener doña Manuela aquella pantalla de la modistería, y tuvo que emprender en una escala más burda del mismo ramo; y Rafael, obedeciendo siempre sus mandatos, se ocultaba entre algunas ropas sucias de los burdeles para extraer de los bolsillos de los parroquianos los dineros que pudiera; y al fin, un borracho que se había aparecido una noche con la bolsa repleta, al no encontrarla a la mañana siguiente, armó un escándalo mayúsculo, y hubo golpes y cuchilladas, y al fin resultó muerto el visitante. En este caso no había escapatoria, y doña Manuela y su compañero huyeron y se ocultaron en un lugar por el campo y por espacio de más de dos años lograron burlar las persecuciones de la policía. Pero se acercaba el plazo del legado de Sofía. La fugitiva creyó que podría hacer efectivo el documento si no existía su hija, o con cualquier patraña partir el dinero con ella si vivía, y coger lo que pudiera y marchar al extranjero, a Nueva Orleáns, donde le habían informado que podría establecer en buena escala su antiguo comercio. Éste era el objeto que la había traído a Belmiranda, de donde tanto tiempo hacía que faltaba y en cuyo lugar no esperaba ser reconocida de nadie que pudiera perjudicarla. Para despistar a la policía se había hecho llamar «Viuda de Mendoza» y había forjado una historia que juzgó aceptable, y armada de esto y de su arrojo inaudito se puso en campaña, alcanzando la desastrosa derrota que ya se ha consignado. En todo esto pensaban los dos criminales, y temblaban ambos a la idea de la identificación que no se haría esperar, y el castigo que le seguiría muy de cerca.

En efecto, llamados por telégrafo, acudieron al día siguiente de su detención, dos agentes y una de las más aventajadas «aprendizas» de doña Manuela, que se ofreció a identificarla. Leonela —así se llamaba—, declaró enseguida que vio a los presos, que ellos eran sus antiguos compañeros; y con la desfachatez propia de su mala condición se desató en improperios contra aquella mujer de quien, a pesar de todo, había recibido multiplicados favores, bien que doña Manuela había contribuido a que el degradado «Mosquitomudo» forzara la voluntad de la perdida muchacha y, «que quiera que no», tuvo que consentir ésta en compartir su lecho con él una noche. Y desde entonces juró Leonela que se vengaría de los dos, y ahora «le llegaba su hora».

¿Qué conciencia de la bondad podría tener aquella mujer zafia e ignorante, desarrollada en el fango de la prostitución y alimentada con todas las miserias del estercolero de una sociedad despreocupada y egoísta? ¿Acaso emplea nuestra civilización otro método que el del desprecio y la repulsión más desmoralizadora de las víctimas de su abandono? Una vez en la resbaladiza pendiente de las infamias que al nacer encontramos ¿qué nos resta? Por todas partes nos asedia una colectividad «austera» que, atenta únicamente a nuestros vicios, olvida las virtudes que debiera ella tener, y a puntapiés nos lanza guarda abajo, hasta lo más profundo del abismo en que ya no es posible ningún rescate humano. Los que prostituyeron la niñez y fueron a su vez prostituidos por otros seres bestiales a quienes degradó con anterioridad el inmoral sistema de las primeras comunidades, habituadas a especular «con todo», no podían menos que cotizar a inalcanzables precios la moral fraudulenta de sus improvisadas rigidez e intolerancia catonianas. Y así tenían que seguir todos, aspirando el infeccioso ambiente creado por las plagas destructoras que implantaron desde sus principios nuestras instituciones fundamentales. Y los desgraciados, acreciendo las calamidades sociales, propagaron su infortunio; y los acusadores, con la audacia de sus inveterados hábitos, gritaron muy alto en la predicación del hundimiento universal y propusieron para evitarla la inhumana amputación de las extremos miembros, sin pensar en que la podredumbre radicaba en el centro, en el corazón mismo del enervado cuerpo social. Y fomentóse el carnaval perpetuo en que más brilla el más experto en el arte del cinismo y de la hipocresía más refinada. Y así anda ello, y andará. ¿Hasta cuándo?

Los detenidos fueron conducidos al lugar de sus hazañas por los empleados que habían sido llamados para identificarlos, y aunque nunca más se supo de ellos, no es dudoso el fin que tendrían, convictos como estaban de un bárbaro e indisculpable asesinato.

XII

Algunos días después del fallecimiento de Sofía, encontrábanse reunidos en el estrado de la sala principal, la señora viuda de Nudoso, Magdalena, y el señor Gonzaga. Hablaban del sesgo fatal que había tomado el proceso del asesinato de don Acebaldo. El crimen, por lo ruidoso, iba tomando los distintivos de la celebridad; pues en todos los lugares era el tema dominante la desesperada causa de la defensa del cochero. El intrépido abogado, el doctor Jústiz, comenzaba a desesperar del éxito. Cierto que nunca lo creyó seguro, pero tampoco lo estimó imposible. Aun ahora que todo venía a probar la culpabilidad de Liberato, pasábase el perspicuo jurisconsulto horas enteras sentado en su bufete, retirado de todo el mundo, con la barba apoyada en las manos y los codos sobre la mesa, combinando planes para probar la inocencia de su defendido, inventando algún procedimiento, ya que los innumerables libros que había revisado no le ofrecían ningún ejemplo que siquiera le sugiriese una idea.

El día que estaban reunidas en el salón, con el señor Gonzaga, las dos hermanas, esperaban al letrado, que había quedado en hablarles sobre el asunto antes de acudir al juzgado. Y ya iban a dar las once de la mañana, y el doctor no aparecía. Mientras tanto aquél, en su bufete, abrasábase el cerebro buscando y rebuscando, casi con decadente ánimo, la solución anhelada que había llegado a interesar muy poderosamente su orgullo profesional. ¡Oh, no! Después que tanto se había comentado el caso; después que todos sus compañeros le habían mirado con cierto aire de innoble satisfacción, porque le juzgaban de antemano derrotado; después que uno y otros le habían dado significativos apretones de mano, y prodigándole sonrisa de mal disimulada conmiseración, como diciéndole: «¡Pobre iluso!», después que el mismo juez instructor le había dicho en tono de condolencia: «Pero, mi querido compañero, los abogados son hombres como todos los demás, y el genio no basta para triunfar en las defensas imposibles»; después de todo esto, que en anonadante conspiración le señalaba la derrota, erguíase el doctor, conjestionábansele las venas de la frente y del cuello, y henchido del más profundo convencimiento, apostrofaba a la justicia humana, asaeteaba la superficialidad de los jueces, y censuraba con los más agrios reproches la vanidad del tecnicismo legal y la inconsistencia del profesorado jurisperito, que tenían que declararse vencidos ante un hecho vulgar, condenando a un inocente por la obsesión manifiesta de una «infame conjuración de testigos». Porque el famoso doctor empezaba siempre en sus defensas por convencerse él, a sí propio, hasta lo más íntimo, de la inocencia de sus defendidos, de la bondad impotente de su causa; y estimaba como la mayor de las injusticias, como la maldad más inconcebible la consideración siquiera de la causa contraria.

—¡Hasta cuándo! —había dicho en este casa—. ¿Hasta cuándo triunfarán la mala fe y la intriga? ¡Ah, sí, le condenarán, le condenarán, porque todos se han coligado para perder al infeliz esclavo! ¡Claro! ¡Un pobre mulato ignorante —agregaba luego con amarga ironía—, no ha de salvarse para que perezca el improvisado magnate, el opulento malvado que debe haber instigado ese crimen infame, impulsado sin duda por la más arrebatada de las pasiones, la pasión de las celos!...

Y de nuevo caía en un estado de abatimiento, desmayado el ánimo por los continuados esfuerzos de imaginación en que se había empeñado. Esta vez levantó la cabeza, fijó la vista en la pared del frente, en la cual se encontraban a los lados del magnífico reloj, los retratos al óleo del venerado maestro de la privilegiada juventud de la colonia, don Pepe de la Luz y Caballero, y del eximio letrado, don José Antonio Cintra. Diríase que invocaba la elocuencia del uno y la habilidosa perseverancia del otro.

De pronto se pasó una mano por la frente, y un segundo después fotografióse en su rostro la expresión de su complacencia. Sonrió como lo hacía siempre en casos tales; sacó su pañuelo de seda, se quitó los espejuelos y limpió sus vidrios. Durante esta operación volvió a nublarse su rostro, pero un instante no más; luego sonrió de nuevo, se caló los anteojos y reparó en el reloj.

—¡Demonio! ¡Las once!... —dijo; y como si le moviera un resorte, de un salto quedó sobre sus débiles piernas, y salió enseguida dirigiéndose, en el coche que a la puerta le esperaba, a casa de la señora viuda de Nudoso, su encalabrinada cliente.

Poco antes que llegara el doctor Jústiz a la casa, entró en ella Federico.

Al llegar el joven a la puerta de la sala, quedóse un tanto perplejo, porque no contaba con la presencia del señor Gonzaga, quien, sin poderlo remediar Federico, le desazonaba siempre al encontrarse con él. Y es que el vicio se siente herido de humillación ante la virtud.

Federico había combinado un discurso mentiroso para espetárselo sin respirar a sus hermanas, y disculparse así de su injustificada ausencia. Más de dos semanas hacía que Federico no las veía ni se había ocupado de ellas para nada. Y ahora se le había ocurrido llegar, engañarlas, y empezar de nuevo su carrera de errores cuyo fin nadie era capaz de predecir.

El porte del joven era de lo más calaverón. Traía el sombrero echado hacia atrás, tumbado a la derecha; el tabaco, a medio gastar, sujeto con los caninos del lado izquierdo, y decididamente inclinado hacia el mismo extremo de la boca;

suelta, usaba con elegante abandono su magnífica americana de casimir «gusto inglés»; desgarbado y picaresco el aire, dábase ligeros golpecitos con su delgado junco en la costura exterior de su pantalón bombacho, artísticamente cortado por el sastre entonces más acreditado entre la garçonnerie a la mode.

Saludó Federico, tomando una actitud más compuesta, y antes que tuviera tiempo de pronunciar una palabra, díjole Magdalena, arrojándosele al cuello:

—¡Ay, Fiquito! ¡Qué valor tienes tú! ¿Desde cuándo no se te ve la cara, hermano mío? Vamos. ¿Ni siquiera me abrazas, después de tanta ingratitud? ¡Desamorado!... Hasta ahora, chico —añadió soltándose, y medio ofendida por el tibio abrazo con que le correspondiera su hermano— hasta ahora he tomado a mi cargo la ímproba tarea de disculparte; pero desde hoy desisto de mi empeño. Es una obra de romanos.

Y después, notando el ceño que había puesto Ana María, fuele la joven al encuentro, diciéndole con gravedad cómica:

—¡Vamos, Nanía! Dile un puñado de cosas; regáñalo por ingrato. ¡Cimarrón! ¡Diecisiete días sin ver a sus hermanas! Anda, ven, siéntate aquí, a mi lado...

Y a cariñosos tirones le llevó a sentarse con ella en el confidente que había cerca de los sillones del estrado, mientras al mismo tiempo le decía:

—Ana María tiene mucha razón en estar brava contigo, Fico. ¿Dónde has estado?

—Espero que acabes —dijo el joven—, para decir algunas cosas. Tú te lo hablas todo ¿cómo quieres que yo pueda decir algo? Mira la cara que ha puesto Nanía. ¿Es ésa la manera de recibir a un turista que viene cansado y molido, de un viaje de excursión que ha durado catorce días?

—Nada tiene que importarte mi cara —objetó Ana María, con marcado enojo—. Es natural que me disguste tu conducta. Pero yo, hijo mío, al que no me quiere, le olvido.

Y se encogió de hombros con afectado desdén.

—Ahí la tienes; todo eso lo hace para que el señor Gonzaga salga muy creído de su formalidad de ama gruñona. Y no te lo consigues, Nanía, porque aquí todos te conocemos, y no vamos a permitir un fraude tan escandaloso.

Después púsose el joven un poco más serio, y dijo:

—No; lo cierto es que no debí marcharme sin darle aviso a ustedes; pero me encontré con varios amigos, nos embullamos para ir a las fiestas de Buenaventura y después nos comprometieron otros a pasar unos días por las fincas vecinas, y así hemos estado de una en otra hasta hace una hora apenas que desembarcamos de retorno en Belmiranda.

Pronto asumió la conversación un carácter más general. Los tres hermanos se amaban como tales, y sus riñas y disgustos, por lo regular tenían un cariñoso proceso y un término satisfactorio al fraternal afecto.

—¿Dónde está Julita? —preguntó Federico.

—En la escuela —respondió Magdalena, y luego, con visible entristecimiento agregó—: ¡Ay, Fico, Sofía se murió, la pobrecita!...

El joven nada sabía, ni estaba preparado para esta noticia, que le hizo el efecto de un escopetazo a quemarropa.

—¡Cómo! —exclamó, con abiertos ojos, mirando alternativamente a todos los circunstantes—. ¿Que ha muerto Sofía? ¿Cuándo? ¿De qué?...

En este momento anunció María de Jesús al doctor Jústiz, y se interrumpieron todos para recibirle.

Sentóse entre ellos el doctor, y anteponiendo la prisa que tenía, por ser tarde, entró de lleno en el asunto que motivaba su visita.

Federico apenas oía más que un ruido de voces a su alrededor. Habíale preocupado, como no podía menos, la inopinada muerte de Sofía, y se acusaba de ser el causante quizás, por el abandono en que la dejara, en el delicado estado en que se hallaba la última vez que había él estado en la casa. Y el joven no la había visto siquiera. Y tachábase su desvío, pues ahora pensaba que su visita le habría servido de un gran consuelo, conocido como le era el natural sensible de la desgraciada muchacha. Federico había palidecido notablemente al recibir la noticia, y había quedado haciendo conjeturas, terminando en todas por culparse de haber con su despreocupación y su crueldad causado la muerte de Sofía. Y no volvió en sí, no pudo entender una palabra de lo que decía el abogado, hasta que en la relación que hacía éste mencionó el nombre de la malograda joven. Entonces levantó Federico la cabeza y prestó atención a lo que se hablaba.

El doctor Jústiz había comenzado por exponer el estado del proceso del asesinato, sin ocultar las pocas esperanzas que había tenido hasta momentos antes de salir de su casa. Le había ocurrido un plan que era, decía, una inspiración. El riesgo sería supremo como insuperable habría de ser el término, si resultaba favorable. Era un juego de azar. Se necesitaba gran valor, mayor serenidad y mucho dinero para su ejecución. Era una prueba de vida o muerte. Podía fracasar; pero si en la práctica se salía bien, el triunfo era seguro. Tal era la convicción que a medias demostraba tener el abogado en la eficacia de su secreto plan, que Ana María le dio nuevas seguridades de que no le faltaría el dinero, y también le dio facultades para que girase cuando a bien lo tuviera contra su caja.

Después pasó el doctor a relatar lo sucedido en el asunto de la mujer que con el joven que la acompañaba había sido detenida el día del fallecimiento de Sofía. Entonces fue cuando prestó atención Federico.

Doña Manuela Corrales había confesado de plano cuanto había ocurrido desde que desembarcó en Cuba al llegar de su tierra, y de todo ello lo que más sensación había causado entre sus oyentes, fue la declaración que hizo de habérsele presentado su propia hija, ofreciéndosele para que la comprase. La descastada madre había amenazado con reclamar los daños y perjuicios que se le habían causado a su hija, teniéndola en la esclavitud toda su vida, y además los que le habían causado a ella, pues según decía, si hubiese tenido a su hija a su lado no se habría ella de seguro entregado a la crapulosa especulación que le había traído hasta donde ahora se encontraba.

—Pero —añadió luego el doctor Jústiz—, esto no tiene apenas importancia; porque su misma criminalidad le quita valor moral a esa mujer para emprender en persecuciones; y como además ha de salir condenada, puede hacérsele guardar silencio fácilmente.

—Perdone usted, doctor —dijo Federico—, yo no he entendido bien. ¿Es decir que esa mujer resulta madre de la difunta Sofía?

—Eso, precisamente —contestó el abogado.

—¿Luego Sofía no era esclava?

—No, Fico —le dijo Magdalena— no tan solo no era esclava, sino que era blanca, y además hija de nuestro padre.

—¡Virgen santa! ¿Hija de nuestro padre? ¿¡Nuestra hermana!?

—Ni más ni menos —dijo Magdalena, y después, alarmada al ver la palidez mortal que cubrió a su hermano el rostro, exclamó:

—¿Pero qué tienes, Fico? ¡Dios mío! Nanía, mira cómo se ha puesto Fico...

Y la joven empezó a llorar y a correr de un lado para otro llamando a los criados, porque creyó que también su hermano se moría.

Todos se aproximaron. Las miradas de Eladislao y Ana María se encontraron como si se buscasen, para demostrar su muda inteligencia en el secreto; pero ninguno dijo una palabra. Federico hizo un movimiento con la mano; indicando que aquello no era nada, que no se asustasen; y recobrándose dijo con debilitada y cavernosa voz:

—La impresión que... que me causó la... la noticia... ¡Mi hermana, santo Dios, mi hermana!

Magdalena, que había vuelto a su lado, lloraba viéndole tan sobrecogido, y como obedeciendo a un doble pensamiento, regocijábase al descubrir en su hermano la manifestación de una exquisita sensibilidad que no había nunca sospechado en él. Creía la buena joven que el accidente de Federico era efecto de su dolor por la muerte de su ignorada hermana.

Pasado el primer momento de la confusión, volvieron todos a uno y otro lado la vista. El doctor Jústiz había desaparecido.

Y enseguida procuraron divertir la imaginación del joven, y hablaron de cosas indiferentes; pero sin resultado, como cuando se trata de cualquier asunto ajeno a la idea dominante en nuestro cerebro. A cada cual le absorbía la suya, distinta, aunque nacidas todas del mismo pensamiento. En el fondo de todo estaban Federico y Sofía. La única inocente en este caso era Magdalena.

En aquella tarde se esperaba que trasladasen a la cárcel a Liberato, que todavía continuaba en la jefatura de policía. El doctor Jústiz estuvo largo rato en la alcaldía del establecimiento penal. Como a las dos de la tarde se retiró y fuese como de costumbre a la Audiencia. Después se dirigió a la jefatura y pidió ver al preso, diciendo que no podría ocuparse de él hasta después de dos o tres días. La conferencia del abogado defensor con el acusado siervo fue relativamente corta. Luego salió el doctor y se dirigió a su casa. Si cuando se dejó caer en el sillón de su bufete y se quitó los espejuelos para limpiar sus vidrios, le hubiese visto alguno de sus compañeros profesionales, habría dicho despechado: «¡Qué decepción! ¡También esta vez triunfa!».

Una nueva desgracia hubo que lamentar en la noche de aquel mismo día.

Serían las nueve próximamente, cuando entró en la Plaza de Armas un hombre envuelto en un burdo chaquetón de los que se daban a los esclavos. El individuo no podía hacerse más sospechoso, pues, sobre de no ser fría la noche, que antes bien era calurosa, aunque corría el mes de febrero, llevaba de tal manera calado su estropeado sombrero calañés negro, que le cubría la frente hasta los ojos, y miraba a unos y a otros con la más aviesa intención que puede suponerse, y como quien busca a determinado sujeto para asunto no menos determinado.

Dos veces dio el encapotado la vuelta a la plaza, que estaba cuajada de paseantes, y cuantos le vieron le dejaron recelosamente el paso. «Es un mulato», decían algunos. «Algo malo trae ése», decían otros. Al fin, persuadido de la clase a que pertenecía y temeroso por sus amenazadores movimientos, acercósele un guardia municipal al llegar al ángulo que hace esquina a un suntuoso café.

—¡Oye, ven acá! —díjole el guardia—. ¿De quién eres tú?...

—¿Y uté qué cuenta tiene? —contestó deteniéndose el interrogado.

—¿Cómo? ¿Qué dices tú?...

Y al mismo tiempo se le acercó y ¡paf! de un manotazo le arrojó el sombrero al suelo. ¡Nunca tal hiciera! La gente que se había aglomerado presenciaba el acto con mera curiosidad, por estar sumamente acostumbrada a estas escenas. Pero luego sucedió lo que ninguno a buen seguro esperaba. El mulato, que en efecto lo era, tan pronto recibió el manotazo, metió la mano por entre el chaquetón, sacó rápidamente un puñal cuyo brillo a la luz con que le herían las de los faroles cercanos, semejó el luminoso zig-zag de una descarga eléctrica en tempestuosa noche; y sin dar al atrevido guardia tiempo de evitarlo, vínole encima el armado brazo; dio el representante de la ley un salto y cayó al suelo cuan largo era, bañado en su propia sangre y con los estertores de la agonía.

—¡Ah, Liberato! Desgraciado! —exclamó al mismo tiempo un joven que entre los curiosos se encontraba, y todos repitieron: «Liberato, se llama Liberato, el asesino» y en vez de prestar algún auxilio al moribundo o perseguir al agresor que no había perdido el tiempo, y huyendo había desaparecido por la calle del Libre Tránsito, hacia las afueras, cada cual pensó únicamente huir a su vez para no verse envuelto en enojosas declaraciones.

Pidióse después auxilio, acudieron en gran número los agentes de la autoridad, se abalanzaron por el rumbo que se dijo había tomado el asesino y... no pudo ser habido, como lo confirmó después el parte de la policía.

Cuando el juez, acompañado del médico, se inclinó a reconocer al herido ya había éste dejado de existir. El cuchillo, nuevo enteramente, le había entrado por la clavícula izquierda y allí había quedado, hundido en el corazón de la víctima.

—¡Cualquiera diría —observó el juez—, que la mano que hirió a este hombre fue la que asesinó al señor Nudoso del Tronco!...

—Uno que había aquí dijo que se llamaba Liberato el agresor —expuso un mozalbete al juez.

—Liberato, sí, Liberato fue —gritó en coro un gran número que no sabía quién era Liberato, más allá de lo que había leído en los periódicos que daban las noticias referentes al proceso del crimen anterior, y de lo que había oído decir allí mismo aquella noche—. Cuando un inspector dijo al juez lo que decían los curiosos:

—¡Liberato! —murmuró el juez—. ¿Qué ha de ser Liberato, si se encuentra preso en la cárcel?

—Así es, señor, en la cárcel está pero esta puñalada es como la otra, que bien la observé yo mismo, era puñalada de ñáñigo.

Los jueces y escribanos se hicieron cargo de la ocurrencia; pero no encontraron rastro alguno del autor del crimen. Y como con insistencia se mencionaba por todos el nombre de Liberato, fueron algunos empleados a la cárcel a cerciorarse de que allí estaba el acusado.

Y así fue. Liberato estaba allí, encerrado en una bartolina por orden de su propio defensor, ya que por ser esclavo no se le permitía estar en la sala de distinción, lo que hubiera pagado a gusto su ama para que no se le pervirtiera su sirviente, al cual esperaba ver salir de la prisión acreditada su inocencia.

Allí estaba Liberato, durmiendo pacíficamente, muy ajeno de cuanto fuera de su celda acontecía.

La opinión pública se confesó vencida.

—Y sin embargo —decía el inspector—. El que dio aquella puñalada dio ésta.

En toda la noche no se habló de otra cosa en todos los círculos. «¿Quién será ese malvado?» «Debe ser un terrible asesino.» «Apostaría que no es mulato como dicen, sino alguno blanco, y bien blanco, que buscaba venganza en alguien a quien no tuvo tiempo de encontrar.» «Eso es factible, decía otro; porque al sentirse insultado por el guardia fue cuando le atacó. Blanco debe ser; cualquiera se disfraza»... «Ladrón no es, seguramente, porque sus movimientos no eran nada cautelosos; por el contrario, yo lo vi casi de frente, y me echó unos ojazos como de fiera hambrienta.» «Lo cierto es que el asesino no es Liberato, porque el pobre mulatico está preso. ¡Y ya todos decían que era él!» «Ese es el mundo; cría fama y acuéstate a dormir.» «Sí, durmiendo estaba Liberato y todos le acusaban de un nuevo crimen. ¿Quién quita que tampoco el infeliz haya cometido el que se le imputa?» «Las apariencias engañan.» «Casi me atrevería a creer que Liberato no es el asesino del señor Nudoso del Tronco.» «Yo no diré tanto; pero la verdad es que todos los que han visto a Liberato dicen que no parece que sea culpable.» «Veremos ahora el caudal que hará su defensor de la ocurrencia de esta noche.» «De seguro que no se le escapa; y ¡digo! el abogado Jústiz, que no necesita más que una brechita para tomar una fortaleza...»

Tales e innumerables conceptos más, constituyeron el tópico de aquella noche. La opinión pública se había dividido y se inclinaba a favorecer al acusado. ¿No decían sus amos y el portero de la casa que Liberato no había salido a la calle la noche del asesinato del señor Nudoso del Tronco? ¿Y qué interés habían de tener sus familiares en mentir para salvar al asesino del jefe de la familia? ¿Quién podía atreverse a tildar en ningún punto la moralidad y el orden de la familia Nudoso-Unzúazu? ¿Quién no había visto siempre la mayor concordia entre los esposos, entre los hermanos todos? ¿No era lo más acertado suponer que a las intrigas políticas en que andaba metido el caballero se debía el violento fin de su existencia? Sí, eso debía ser.

Y como «la soga quiebra siempre por lo más delgado», le había «echado el muerto» al pobre cochero, porque era un mulato esclavo. El culpable debería andar paseándose públicamente; tal vez muchos de los que acusaban a Liberato, quizá la misma familia del difunto, habían estrechado más de una vez la ensangrentada mano del matador. Quién sabe, en el entierro le vieron todos y no le conoció ninguno, porque tenían fija la idea en lo que a media voz se corría, de que había sido el malaventurado esclavo.

La sociedad toda era un hervidero. Todos empezaban a temer, a dar por cierto, que Liberato era inocente.

El doctor Jústiz no tardó en saberlo todo. El joven que había pronunciado lleno de asombro el nombre de Liberato al presenciar el hecho, era un meritorio del mismo doctor. Enseguida corrió a darme cuenta de todo. El joven estaba seguro de que el hechor era Liberato.

—Yo le vi, señor, le vi perfectamente cuando el guardia le quitó el sombrero de un bofetón.

—¡Bah! —dijo fríamente el abogado—. ¿Es acaso verdad todo lo que se ve? Una misma cosa, un mismo objeto ¿no sucede a veces que todos lo vemos de distinto modo? ¿Quién entre todos está en lo cierto? ¿Cuál es la verdad real, positiva, indubitable? Pruebas, pruebas, pruebas y nada más. ¿No hay pruebas? Pues bien, mi defendido es inocente. ¡Ah, sí, lo veo, lo veo; su inocencia se me muestra como si fuera un objeto palpable! Se engañan de la manera más triste al acusar al infeliz mulato. Es inocente, sí inocente... ¡y se salvará! ¡Su inocencia lo salvará!

El amanuense volvió a salir. Fuese grandemente impresionado por el convencimiento que abrigaba su principal de la inocencia del acusado. Cuando de nuevo llegó a la Plaza de Armas el joven, ya se sabía que Liberato permanecía en su prisión, que le habían encontrado allí durmiendo, que no podía ser el autor de aquel crimen. El joven se impresionó más aún; y como oyera las dudas que empezaban a manifestarse a su alrededor, cayó de lleno en la creencia que respiraban las palabras del doctor Jústiz, y casi una por una las repitió numerosas veces a cuantos quisieron oírlas.

Y sus palabras tenían relativa importancia en varios grupos que conocían al muchacho y sabían que era escribiente del abogado defensor de Liberato.

Dos horas después no había café ni lugar en que hallándose dos o más personas no dijeran que Liberato debía ser inocente, que «no todo lo que se ve es verdad», que «dos personas pueden ver de distinta manera un mismo objeto», que «en cuestiones judiciales, y más cuando se trata de la vida de un individuo las pruebas y solo las pruebas constituyen la verdad real, positiva, indubitable...».

Así se forma la opinión de las masas en todos los casos. Consciente o inconscientemente la constituye un solo individuo. Y lo que es más. A veces el promotor de la idea la acepta después como cosa extraña, y aun la rechaza, tal vez, desconociéndola por las correcciones y los aumentos que a menudo la degeneran.

El doctor Olegario Jústiz, apenas saliera el joven escribiente, había cerrado la puerta de su cuarto de estudio, y entregándose por anticipado al goce de la satisfacción inmensa que le comía por manifestarse. Frotábase las manos, paseábase a largos pasos, y hasta hizo una cabriola —temeridad inmeditada que pudo haberle costado muy cara; porque sus piernas de junco no debían permitirse ciertas burlas con el cuerpo de roble que sostenían—. A fin sentóse el caballero, y limpiando sus espejuelos, dijo sonriendo:

—Era preciso... El culpable salvará al inocente... suponiendo que Liberato sea inocente...

Seis meses después de aquella noche, pasado el mediodía de uno espléndido y caluroso del mes de agosto, entraba Liberato por la puerta de la casa de sus amos. Detrás de él se presentó el doctor Jústiz, y sonriente dijo a la señora viuda de Nudoso:

—Señora, la ley ha decretado inocente al que los hombres declaraban culpable. Atengámonos a la justicia humana, ya que nos es imposible penetrar los fallos de la Justicia Divina...

Poco después se marchó el abogado; pero Ana María no dejó de pensar nunca en aquellas palabras... ¿Envolvían una nueva acusación? ¿Desconfiaba el doctor de la inocencia de Liberato? ¿Sería en efecto culpable? ¡Ah, si Liberato, después de todo, fuera el matador de su esposo!...

Ana María tuvo miedo. Pero siempre que con cierto disimulo observaba el rostro a su criado, se decía:

—No, no puede ser ¡es inocente!

Ocho días pasaron, desde que fue puesto en libertad el cochero por no haber pruebas que confirmasen suficientemente la acusación que le retenía preso.

Sería cosa de las dos de la tarde cuando entró en casa de la señora viuda de Nudoso el amanuense del doctor Olegario Jústiz. Ana María le recibió en el salón-escritorio.

—Traigo para usted este recado, señora —dijo el joven.

—¡Qué ceremonioso viene hoy Manolito! A ver, dame acá, hijo mío. Y tu familia ¿qué tal está de salud?

—Bien —replicó Manolito, variando ya de tono, y entrando en la familiaridad que le acreditaba la amistad con que le recibían en la casa—. Abuelita es la única que está, como siempre, achacosa. ¿Y Malenita, qué tal?

—Malenita, bien; por allá adentro... ¡Ah! Estos son los gastos y honorarios del doctor Jústiz. Está bien. Espérate un momento que te extienda un cheque para el Banco.

Y esto diciendo se levantó del sillón la señora, con alguna dificultad, porque iba su cuerpo inclinándose decididamente a la obesidad que produce en las personas acomodadas la falta de ejercicio. Acercóse al escritorio, extendió y firmó el cheque y, alargándoselo al joven portador de la nota, tomólo Manolito, saludó, dejó recuerdos para Malenita, llevólos a su vez para su familia y salió.

Entonces volvió la señora a leer el estado en que minuciosamente detallaba el victorioso jurista los gastos en que había incurrido, y a media voz dijo:

—Subida es la cuenta, no hay duda... ¡Ocho mil trescientos cincuenta y seis pesos con sesenta y dos y medio centavos...

Pero enseguida desplegando una sonrisa que retrataba su regocijado orgullo, exclamó:

—Sí, es subida; pero lo doy todo por bien empleado. ¿Había de quedarse la mulata esa riéndose de mí?... ¡Ca-a-chor-r-rra!...

Libros a la carta

A la carta es un servicio especializado para
empresas,
librerías,
bibliotecas,
editoriales
y centros de enseñanza;
y permite confeccionar libros que, por su formato y concepción, sirven a los propósitos más específicos de estas instituciones.

Las empresas nos encargan ediciones personalizadas para marketing editorial o para regalos institucionales. Y los interesados solicitan, a título personal, ediciones antiguas, o no disponibles en el mercado; y las acompañan con notas y comentarios críticos.

Las ediciones tienen como apoyo un libro de estilo con todo tipo de referencias sobre los criterios de tratamiento tipográfico aplicados a nuestros libros que puede ser consultado en Linkgua-ediciones.com.

Linkgua edita por encargo diferentes versiones de una misma obra con distintos tratamientos ortotipográficos (actualizaciones de carácter divulgativo de un clásico, o versiones estrictamente fieles a la edición original de referencia).

Este servicio de ediciones a la carta le permitirá, si usted se dedica a la enseñanza, tener una forma de hacer pública su interpretación de un texto y, sobre una versión digitalizada «base», usted podrá introducir interpretaciones del texto fuente. Es un tópico que los profesores denuncien en clase los desmanes de una edición, o vayan comentando errores de interpretación de un texto y esta es una solución útil a esa necesidad del mundo académico.

Asimismo publicamos de manera sistemática, en un mismo catálogo, tesis doctorales y actas de congresos académicos, que son distribuidas a través de nuestra Web.

El servicio de «libros a la carta» funciona de dos formas.

1. Tenemos un fondo de libros digitalizados que usted puede personalizar en tiradas de al menos cinco ejemplares. Estas personalizaciones pueden ser de todo tipo: añadir notas de clase para uso de un grupo de estudiantes, introducir logos corporativos para uso con fines de marketing empresarial, etc. etc.

2. Buscamos libros descatalogados de otras editoriales y los reeditamos en tiradas cortas a petición de un cliente.